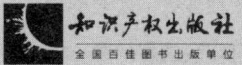

Ti Hu Cha

叶建华 著

醍醐茶

知识产权出版社

全国百佳图书出版单位

图书在版编目（CIP）数据

醍醐茶 / 叶建华著. — 北京：知识产权出版社，
2016.1
ISBN 978-7-5130-3831-7

Ⅰ.①醍…　Ⅱ.①叶…　Ⅲ.①随笔—作品集—中国—
当代　Ⅳ.①I267.1

中国版本图书馆CIP数据核字（2015）第237199号

内容提要

本书是作者根据多年的工作、生活经验总结出的散文随笔集，其中浓缩了丰富的人生智慧。内容分为"阐幽明微""人性之光""悦目赏心"三个板块，既有作者的经历感悟，也有名师大家的智慧分享，还有艺术作品的观读感想。作者举例贴近现实，娓娓道来，能让读者开卷得益，在生活中多一份理性，在遭遇挫折时多一份自信，在取得辉煌时多一份低调，在人生的道路上多一些绿灯。

责任编辑：卢媛媛

醍醐茶
TIHU CHA

叶建华　著

出版发行：**知识产权出版社**有限责任公司	网　　址：http://www.ipph.cn
电　　话：010-82004826	http://www.laichushu.com
社　　址：北京市海淀区马甸南村1号	邮　　编：100088
责编电话：010-82000860转8597	责编邮箱：31964590@qq.com
发行电话：010-82000860转8101 / 8029	发行传真：010-82000893 / 82003279
印　　刷：北京嘉恒彩色印刷有限责任公司	经　　销：各大网上书店、新华书店及相关专业书店
开　　本：720mm×1000mm　1/16	印　　张：16
版　　次：2016年1月第1版	印　　次：2016年1月第1次印刷
字　　数：226千字	定　　价：32.00元

ISBN 978-7-5130-3831-7

自序

　　人生在世，就不得不思考怎样获取人生智慧、怎么才能走得更加顺利、怎么活得更加精彩等人生问题。

　　建华于2014年9月在知识产权出版社出版的《赢在人生终点》一书，由于顺应了读者关切，解答了读者疑问，受到了读者的广泛好评，成为畅销书。建华也荣幸地被知识产权出版社授予"优秀签约作者"称号。

　　赢在人生终点无疑是可喜可贺之事，因而如何增长人生智慧、顺利地实现人生理想、少走人生弯路、少遇人生红灯，这是一个很有意义的绕不开的话题。在现实生活中，有的人生之路走得顺利，有的却走得泥泞坎坷，有的甚至自毁前程，走上不归路。不同的路径，不同的结果，必定有不一样的原因。

　　人生之路是否有规律可循？建华对此进行过长期思考和系统归纳，结论是：获得人生智慧确实没有标准路径，但有些人生理念、做人原则、处世方式是不可或缺的。

　　本书将建华的近百篇博文从"阐幽明微""人性之光""悦目赏心"三个方面进行阐述。这里既有建华的日常生活感悟，也有大家名师的智慧分享，

还有艺术作品的观读感想。本书内容时跨千年、地贯东西，既有中华民族的大智慧、西方民族的处世风格、细微之处的深入思考，还有对失败原因的深层剖析。读者掩卷而想，会在繁杂纷繁的人世间多一份理性，在遭遇挫折时多一份自信，在取得辉煌时多一份低调，在人生的道路上多一些绿灯。读者将会因此书受益。

由于本人水平有限，不当之处在所难免，期待读者朋友不吝赐教。

叶建华

2015年10月

目　录 CONTENTS

第一篇

阐幽明微

CONTENTS

第二篇

人性之光

CONTENTS

第三篇

悦目赏心

CONTENTS

后 记

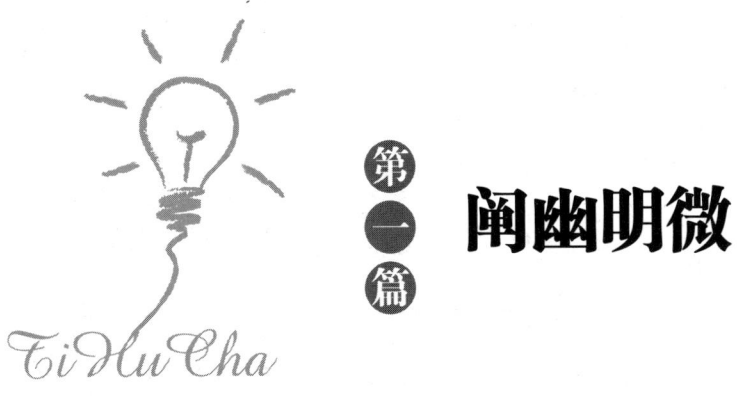

第一篇 阐幽明微

　　"阐幽明微"旨在阐述看似纷繁复杂的世界是有规律可循的。凡人怕果，圣人怕因。哲学规律告诉我们：有因必有果，有果必有因。佛教以因果规律为指导，注重因缘果报，即种善因得善果，种恶因得恶果。所谓圣人、菩萨就是懂得因果规律而且能坚持以此为指导的人，他们加强自我约束不种恶因，因此没有恶果；只种善因，所以将来只有累累善果。而有些人不懂得因果规律，缺少敬畏之心，为了一己私利种下许多恶因，并且不知畏惧，直到恶果出现，才悔之不及。当今纷纷落马的贪官，都是不知因果规律、缺失敬畏之心、缺少大智慧的"聪明人"。东窗事发、身陷高墙时才幡然醒悟，悔改书常常洋洋洒洒万言之多，只能当作反面教材。我们应当做个有心人，从细微之处思考做人大义，从片言只语中感悟人生真谛，从智者言行中汲取前行动力。这部分的近四十篇文章将有助于读者开启智慧、树立信心、见微知著、曲径通幽。

将学习变成日常生活的习惯

　　《论语》首段曰："学而时习之，不亦说乎？有朋自远方来，不亦乐乎？人不知而不愠，不亦君子乎？"意思是：学习并且经常温习，是一件愉悦的事情；有朋友远道而来，是一件快乐的事情；自己的才华别人不了解而不生气，这才是君子的风度。

　　一位国学老师曾经说过，《论语》全篇的精华在第一段，而第一段的精髓在第一句，即："学而时习之，不亦说乎？"告诫有志于学习中国传统文化的朋友，如果没有时间和精力系统研读"四书五经"，那么能够认真领悟《论语》的首段或首句，也将受益终生。

　　将"学而时习之，不亦说乎"作为《论语》的首句，编者是用心良苦的，是经过认真琢磨推敲的。孔子认为学习对人的一生特别重要。他认为学习是一种态度、一种品德、一种习惯，一种乐趣。一个不谦虚的人是不会去学习的，因为他以为自己什么都懂，用不着去学习。如果人们将学习当作一种痛苦的事情，也是难以坚持的，因为人都有趋利避害的本能，自然会因远离痛苦而远离学习。

　　然而，孔夫子毕竟是历史伟人，他老人家的论点，不仅影响当代，而且穿越时空，在两千五百多年后的今天仍然得到论证。综观在这个社会上能做出成就的人，他们成功的因素可能各不相同，但他们都有一个共同点，即喜欢学习、善于学习，把学习当作一种习惯，把学习当作生活的一部分。

比如，中国中铁一局电务公司的窦铁成师傅，他由一个初中毕业的农村青年，成长为工人教授；由一个普通工人成长为电气专家。使他发生蜕变的因素有许多，但重要的一条就是他将学习当成一种乐趣，一种习惯。他不满足于打洞架线的简单劳动，而渴望成为懂得电力、电气方面的专家。为了实现这个目标，他三十年如一日，坚持学习，由易到难，由简单到复杂。就是凭着这种习惯、这种韧劲，他啃下了抽象的微积分，掌握了枯燥的电力学，攻克了连在校就读的大学生都发怵的电磁学。他的学历起点虽然较低，但他一直在努力攀登。满脸的皱纹和染雪的双鬓，换来了渊博的知识。全公司1000多名员工都认他为师傅，许多人因能成为他的徒弟而倍感荣幸。几十年来，他解决了无数的电气故障和难题。面对令外国专家束手无策的技术难题，窦师傅却能手到病除，令外国专家折服。他为公司创造了1300多万元经济价值。

窦铁成不愧为工人教授、金牌工人，窦师傅为中国人争了光，为国家做出了突出贡献。我们在祝福窦师傅的同时，也应该从窦师傅的身上悟出点什么，我想最要紧的恐怕是把学习当成人生的习惯。无论我们现在的起点如何，只要能够将学习当成习惯，我们离人生的目标将会越来越近，直至实现目标。

战胜挫折和忧虑的秘籍

挫折和忧虑客观存在，我们每个人都无法回避。我们要在职场取得成功，就应当懂得如何战胜挫折，远离忧虑。由挫折导致的忧虑会损害人的健康，丧失人的自信，影响人的事业，甚至是自杀轻生的主要原因。战胜挫折，远离忧虑有以下秘籍。

第一要心态阳光。心态阳光被称为人生成功的"黄金定律"。以不同的心态对待同一事物会得出不同的结论。我们应当树立"只要发生就会对我有利"的心态，尽量挖掘处境中的有利因素，乐观积极地面对现实。

专家的研究表明，忧虑主要是一种心理现象。很多人喜欢多愁善感、杞人忧天。其实，我们所担心的事情中，有99%是根本不会发生的，而我们的忧虑，又有90%是没有必要的。比如父母担心外出的子女人身不安全，不会照顾自己的生活；比如偶尔身体不适，就会担心自己得了癌症；比如领导因在家里受了老婆的气，跟自己打招呼没有以往亲切友好，就开始担心领导对自己有看法；等等。套用我国的一句古话，就是"世上本无事，庸人自扰之"。要想告别忧虑，主要是要树立阳光心态，养成乐观情绪。

第二是"道法自然"。多出去走走，亲近自然。老子说："人法地，地法天，天法道，道法自然。"人应当向自然学习。一个人既要读万卷书，更要行万里路。方便时应当走出去，看看祖国的大好河山，从山水之间可以感悟人生之真谛，吸纳天地之灵气。

2007年的华山之行，让我茅塞顿开，受益匪浅，尤其是华山的松树给了我极大震撼和启迪。

华山以险著称，壁立千仞的华山奇峰，宝莲灯的美丽传说自不必说，一棵生长于石壁缝隙中的松树引起了我们的关注。这棵从石缝中长出的松树有七八米高，不粗的树干，向上伸展，树冠向外延伸。树干苍劲，针叶短粗，蓬勃向上。据护山的同志介绍，这棵看似不起眼的小松树，树龄却在百年以上。

我们对这棵在石缝中生长了百年的小松树肃然起敬。我们可以拓展想象的空间，描绘一下百年来这棵松树是如何孕育、成活、生长的。可能是百年前的一天，一只飞鸟，或一股雨水，或一阵大风将一粒松籽送到了石缝之中。正好遇到一场喜雨，使这粒松子有了发芽的条件，之后长出一棵幼苗，它将根须扎入少得可怜的泥土之中。每年的夏天小松树都要面临缺水的生死考验，但它都顽强地活过来了。每一场雨水都是它的救命甘霖，它吸足了水分，拼命地将根须往深处扎，根须扎得越深，就越有存活的希望。就这样，这棵小松树在恶劣的环境中生存并不断地长大，不仅通过根须从深深的石缝中汲取养料，而且通过针叶充分利用阳光合成营养，壮大自己。

这棵石缝中的小松树无疑可以充当我们人生的老师。当我们遇到挫折和逆境的时候，是怨天尤人、灰心丧气呢，还是适应环境、乐观应对、顽强生存呢？不同的态度，会得出不同的结果。我们也可以想象，当时与这棵小松树在石缝中一起诞生的可能还有它的同伴，但它们却没有生存下来，而这棵松树却顽强地生存下来了，并且不断成长、繁衍它的下一代。我们应当从这棵顽强的松树身上得到启迪。

第三是淡泊名利。人的烦恼大多不是因为得到的太少，而是欲望太多。

当满足不了太多欲望的时候，烦恼和忧虑就不断产生。有些人为了满足自己的欲望，伤天害理、以权谋私、投机取巧、坑蒙拐骗，结果落入法网，自毁前程，甚至命丧黄泉，贻害父母和家人。

李友灿在2001年8月至2003年4月担任河北省对外贸易和经济合作厅副厅长兼河北省机电产品进出口办公室主任期间，利用其掌管河北省汽车进口配额审批分配的职权，非法索取和收受财物折合人民币共计4744万元，创造了"日进七万"的"全国纪录"。李友灿自己驾车一天从北京到石家庄运钞三趟，后来他嫌开车运钞太累，就特意花五十多万元在北京某花园小区购买了一套不太显眼的房子，主要就是为了存钱之用。李友灿贪图金钱的后果是受到法律制裁、走上不归路，并处没收个人全部财产。

"名利"二字，给世间增加了多少纷争，给家庭带来了多少灾难，给人生带来了多少祸殃？这些问题谁也说不清楚。其实名利乃身外之物。《增广贤文》载："君子爱财，取之有道。"在孔子眼里，"用不正当手段得来的富贵，就像是天上的浮云一样"。事实上，以不正当手段取得的名利，不仅不能给心灵带来愉悦，反而带来痛苦。因此古代先贤诸葛亮教导后人："淡泊以明智，宁静以致远。"这表明淡泊名利是应对挫折、远离忧虑的一剂良方。

第四是适当"阿Q"一下。用过高压锅的朋友可能都知道，高压锅都有防爆阀，一旦高压锅压力过高时，防爆阀中的易溶片就会溶化泄压，从而防止安全事故发生。人也需要"减压阀"，以减轻人生的压力，防止自杀轻生，保证人生安全。我们不妨将"阿Q精神"当作人生的"减压阀"。阿Q是鲁迅先生在小说《阿Q正传》中塑造的典型形象，"阿Q精神"主要表现为自轻、自贱、自嘲、自解、自我陶醉，自我安慰，自我麻醉。"阿Q精神"多为贬义属性。我却认为，在当今职场激烈竞争，人们生活压力日益加大的情况下，适当"阿Q"一下，对于人们调整心理压力、保持内心平衡是有益的。绝大多数职场人员都处于"比上不足，比下有余"的状态，与"上"比能够激励我们奋斗，与"下"比可以获得心理安慰。通过多角度分析比较，人们容易达到心理平衡。

比如：当我们认为岗位不理想时，应该想想还有许多人找不到工作，不能就业；当我们为食堂的饭菜不可口而怨怼时，应该想想医院里还有许多人连水都无法咽下；当我们为旅游景点人满为患而忧虑时，应该想想还有许多人节假日仍然要坚守岗位，无法出去旅游；当我们埋怨自己开的小车档次不高时，应该想想还有许多人在公交车站排队候车，在地铁车厢里前胸贴后背地挤车出行。

多数人都有完美主义情结，总希望自己是这个世界上最优秀的。不断追求完美虽然具有积极意义，可以激励人们不断进取，但事实上人是不可能做到完美的，不完美才是人生的常态。有的企业家认为成功的秘诀是容忍不完美。

有这样一个寓言故事。

一个有缺陷的圆圈，走起来较慢，它很不满意，牢骚满腹，希望自己是一个完美的圆，能够走得更快些。后来上帝满足了它的要求，使它成为一个完美的圆。它上路之后，走得飞快，无法欣赏路边的景色，无法听小鸟歌唱，无法和老朋友打招呼，更糟糕的是，最后它因在一个陡坡上越走越快失去控制跌入了万丈山崖，粉身碎骨。

圆圈此时才明白，还是有点缺陷好。

如果能够适当地"阿Q"一下，心理会平衡许多，忧虑也会向我们说"拜拜"。

第五是积极应对。当挫折真的光顾你的时候，大可不必慌张，可以从以下三个方面着手分析，从而积极应对。

一是接受已经发生的事实；

二是做出最坏的心理准备；

三是寻找最佳的解决办法。

接受已经发生的事实，是应对不幸的第一步。

做出最坏的心理准备，就能在心理上提高承受能力。

寻找最佳的解决办法，是因为静能生智，定能生慧。人在情绪冲动的情况下容易做出错误的决策，而在安定、冷静的情况下容易找到最佳的解决办法，化解职场危机和人生挫折。

以上应对挫折和忧虑的"公式"经许多职场人士屡试不爽。一位石油商讲述的故事可对此"公式"做出较好诠释。

有一天，有位自称是政府调查员的人来看我，向我索要红包。他说他拥有我们公司运货员舞弊的证据。他威胁说，如果我不答应的话，他要把证据转给地方检察官。

我知道，公司应该为自己员工的行为负责。我知道万一证据被拿到法院去，那么坏名声就会毁了公司的生意。

为此，我担心得生病了，三天三夜吃不下睡不着。是否该付5000美元，我一直犹豫不决，每天都做噩梦。

后来我冷静下来，思考了最坏的结果会如何？那就是有损我的生意，我不会遭受牢狱之灾。于是我想，生意即使毁了，接下去又会怎样呢？

我的生意毁了之后，我对石油知道的很多，有几家大公司都会乐意雇用我，今后的状况也不会坏到哪里去。

想到此，我的那分忧虑开始消散了一些，我的情绪逐渐稳定下来了，居然开始思考化解危机的对策。

如果我把整个情况告诉我的律师，他可能会找到一条我一直没有想到的路子。于是我第二天清早就去见我的律师。律师建议主动向检察官报告此事，或许可以得到有利的结果。

我们把整个情形告诉了检察官。当我说出原委之后，出乎意料地听到检察官说，这种勒索的案子已经连续发生好几起了，那个自称是"政府官员"的人，实际是警方的通缉犯。让我担心了三天三夜的事情，终于峰回路转，柳暗花明。

当你在职场遇到挫折和忧虑的时候，不妨用这个"公式"试试，看看是否对你战胜挫折，远离忧虑会有所帮助。

平民百姓如何发挥首都优势

　　首都是一个国家最高政权机关所在地，通常是该国的政治、经济、文化中心。北京是我国的首都。

　　作为出生在远离北京的我，以前未曾想过到北京工作和生活。一个偶然的机会，在贵人的相助下，1997年我们全家来到了北京。

　　我一直在思考一个问题，工作和生活在首都，如何发挥首都优势？

　　任何事物都是一分为二、利弊共存的。北京之所以被许多人所向往，是因为有许多优势，要不"北漂一族"就不会存在。但北京作为特大城市，与中小城市相比，在生活方面也有不少劣势。比如，北京交通拥堵世界闻名；北京的空气污染严重；北京的生活成本特别是房价比中小城市要高许多倍。

　　作为理性的人，都有趋利避害的本能。既然生活在北京，作为一般的平民百姓来说，是很难避免大城市病的，应该充分发挥优势来补偿。北京的思想和文化传播优势是其他城市不可比拟的。因为全国乃至世界的精英想要出名，都希望在北京露脸，因此，北京几乎每天都有大量的沙龙、讲座、论坛在举办，而且大多数免费。只要你留心，都会找到适合自己的活动。

　　十多年来，建华每月都会参加一至两次活动，因此，也结识了不少专家学者，在与他们的交往、交流中受益匪浅。建华经常向朋友传播一种观念，听讲座是一种很好的学习方式，因为，许多专家学者积多年甚至几十年的知识、经验，在较短的时间内与听众分享，传播的是精华，听众能够收获事半功倍之效。这是建华十多年来的深切感受。

我也了解到，许多朋友虽然很想结交朋友来充实自己，但却不愿意走出去，不愿意扩大社交范围，老是局限在很小的圈子内，因此，难以接触到更多的新观念、新知识。我觉得，生活在北京，如果不善于发挥首都优势，只是遭受北京的拥堵、污染之害，是不划算的。

兄弟与路人

一天，我接待了一位老领导，盛情为他在青年湖砂锅店接风。店小情谊深，共同话题多。

这位老领导前不久作为领队带领教育考察团去了一趟台湾，作了九天的考察，台塑等几家知名企业的领导接待了他们一行；他们还拜访了许多知名学者和高僧，收获颇丰，感想颇多。他说一位高僧的一席话使他深受启迪。这位高僧说："人们通常说，四海之内皆兄弟，但能不能成为兄弟，关键在于我们如何对待别人。以兄弟之心待路人，路人成兄弟；以路人之心待兄弟，兄弟成路人。"我觉得这句话说得太对了，既富有哲理，又符合现实。

纵观现实社会，许多以仁爱之心对待群众的人生前能得到群众的信任和尊重，死后则得到群众的缅怀和悼念。即使在"四人帮"横行高压的形势下，周总理出殡时，自发的群众挤满十里长街，哭声震天，顶着寒风为周总理送行告别。人民公仆牛玉儒生前以兄弟之心对待群众，去世后成千上万的群众自发为他送行。而许多父子、兄弟或为地位或为家产或为金钱，不顾亲情，反目成仇。历史上有名的春秋五霸之首的齐桓公生前可谓威风八面、称雄一时，死后几个儿子为了争夺王位和财产，在齐桓公的灵前大动干戈，以至伤及尸体，停尸70多天不能下葬，蛆虫满地，成为千古丑闻。

现实生活中，"朋友胜似兄弟，兄弟成为路人"的案例比比皆是。究其原因，人与人之间的关系，说到底，是一种情义的互换，从物理上讲是力与反作用力的关系。我们对别人有情，别人对我们才有义，我们对别人无情，别人也不会对我们有义，即使短期有，也难以长久。这就是处世哲理。

懂得了这个哲理，就掌握了处世的真谛，兄弟与路人只是名义上的定格，其实质是可以转化的。

让我们多一份爱心，多一份理解，多一份宽容，少一份自私，少一份索取，少一份嫉妒。我们不仅能够成为好兄弟，好姐妹，增进情谊，而且能够使更多的路人变成朋友，赢得人生更多的春天和阳光！

谁是最可贵的朋友

一天晚上，与北京市知识产权局的一位副局长和几位处长共进晚餐，酒过三巡、菜过五味之后，大家放开思绪，共叙人生。从烹调谈到读书，从养生聊到交友。这位副局长的率真让大家敬佩有加，尤其是她的一番交友之道更让人折服。

她说：谁是最可贵的朋友？最可贵的朋友不是在你困难时给你帮助的人，也不是在你流泪时递给你手绢安慰你的人，而是在你取得成绩时真心为你高兴的人。

此话确实非常有哲理。同情弱者是人之常情，帮助弱者对许多人来说是容易做到的。但当周围的人得到了提拔、获得荣誉时，能够为之从内心感到高兴的人却实属难得。

嫉妒也是人之常情。别说一般的同事之间存在嫉妒，就是亲戚也不例外。有一位学者曾经说："当年你考上大学时最嫉妒你的不是别人而是你的姨和舅，他们会想为什么你能考上，而他们的孩子没有考上……"嫉妒是人类的一大危害，既破坏了朋友之间的关系，也伤害自己的健康，还影响了社会的进步。

　　关于嫉妒的利弊，被称为中国人"心经"的《大学》早有论述："人之有技，若己有之；人之彦圣，其心好之。不啻若自其口出，是能容之。以保我子孙黎民，亦职有利哉！人之有技，冒嫉以恶；人之彦圣而违之，俾不达，是不能容。以不能保我子孙黎民，亦曰殆哉！"这段话的大意是：一个人，把别人的本事，当作自己的本事一样欣赏，对别人的高尚品德，从内心敬佩并向他学习，对别人的能力和品德充分认可，这样的人就能够保持事业进步和家族的兴旺，和这样的人交往是有利的。相反，如果一个人见到别人有本领就嫉妒、攻击，对别人的高尚品格从不同角度贬低，不能容忍别人比自己强，这样的人就不可能保证事业进步和家族兴旺，和这样的人在一起是非常危险的。

　　我们在交友过程中要保持清醒的头脑，掌握好识人的标准，不要为假象所迷惑，懂得珍惜真正的朋友，才能赢得精彩的人生。

　　请记住：那些能真心为你取得的成绩而高兴的人才是你最可贵的朋友。

莫把手段当目的

　　目的是指想要达到的地点或境界，也就是人们想要得到的结果。手段是指为达到目的而采取的具体方法。现实生活中，往往有些人误将手段当目的，忙活了一辈子却离目的越来越远。

　　比如当前年轻人的出国热。央视一套黄金时间播出的《相思树》电视剧中的康慧姑娘就是一个典型。康慧姑娘的一切行为指向就是为了出国，只要能够帮助她出国，甚至不惜奉献自己的青春爱情。现实生活中这种例子比比皆是。

　　前一段时间，年轻人出国成了一种风气，许多年轻人争相比拼出国。但实际情况如何呢？在国外发展得好的只有极少数，大多数不怎么样，毕业后在国外混不出名堂，回国又失去了"季节"和"人脉"，东不成西不就，"海龟"最后成了"海带"。

　　造成这种结果的原因是，这些争相出国的人没有弄明白出国到底为了什么，误把手段当成了目的。正像余世伟老师所讲，问一个小青年到澳大利亚去为了什么，小青年说："澳大利亚的环境好。"如果仅是为了环境好，为何不天天买农夫山泉洗澡，也花不了多少钱。

其实，大多数人出国的目的是为了接受良好的教育，学习和掌握真本领，增强职业生涯的竞争能力，过上幸福的生活。在当年中国条件差的情况下，到国外可能更容易实现这些目的。但是，这个世界唯一不变的就是变化。世界的形势已经发生了变化，中国已经不是30年前的中国，中国经济在国际上一枝独秀了30年，中国已经成了全世界争相投资的一方热土，中国已经成了世界的制造中心，中国的传统文化已经大步走向了世界，孔子学院已遍布海外。许多发达国家的上层人士已将学习中国文化和管理作为时髦。许多国家的学校把中文作为首选外语，许多国外学生首选到中国来读书学习，这就是今天的现实。

还有一些人还以老眼光在看新问题，以过时的信息在为自己孩子的未来定规划、做决策，可谓太不明智。正像明朝的某公一样，天旱时学做木桶，下雨时学做雨伞，战争年代学造兵器，但总是比时事慢半拍，终身不得志，因而感叹："天公不作美！"其实老天"以万物为刍狗"，对谁都一样公正无私，阳光雨露普洒人间，关键在于你会不会感悟、利用、享受。步人后尘者，永远观赏不到最美的风景，永远得不到最好的天时地利。

其实，出国热还酿成了许多社会问题。一些大权在握的政府官员，为了自己的子女出人头地，把送子女出国当作唯一途径，挖空心思，想方设法把子女送出国而且要送到所谓最好的国家去。凭他们那点合法的公务员薪水，对于子女的出国费用来说可谓是杯水车薪。为了达到子女出国的目的，他们丧失底线、铤而走险、权力寻租，与一些不法商人做起了权钱交易，不惜损害国家和人民的利益来谋取私利。一旦东窗事发之后，不仅毁掉了自己的仕途，而且贻害了子女的前程。实在可叹可悲！

人生在世，小事可以糊涂，大事可不能糊涂。尤其不要误将手段当目的，以过时信息作为决策依据。

购买一打袜子

根据我的要求，夫人为我购买了一打袜子，淘汰了以前不同规格牌号的袜子。

许多人可能跟我一样，遇到过袜子不配套的情况，为找到配套的袜子而浪费了不少时间。于是我萌生了一个想法，如果购买一打相同品牌规格的袜子，就可以妥善解决这个问题，并具有可操作性。

人生最宝贵的是时间，因为时间倏忽而逝。虽然时间对任何人都是公平的，每人每天都是24小时，但如何利用时间、提高时间的利用率却是一门大学问，以至企业管理中专门有时间管理的课程。

根据人的生理特性，一天之中人有兴奋期、萎靡期，应当安排兴奋期做重要工作，萎靡期做次要工作。每天的工作千头万绪，应当安排大块的时间做重要的连续性的工作，零星的时间处理次要的间断性的事情。今天的网络改变了人们的生活，在为我们带来便利的同时，也给我们带来了"歧路找羊""信息湮没"的烦恼。打开电脑之后，我们很容易掉入信息"深海"而难以自拔。因此，每天应该大致规定浏览网页的时间，固定几个主要网站。其实，好多网站的内容是雷同的，打开新浪、搜狐、凤凰首页新闻，内容基本上差不多，看了一家，就不用去看其他网站。

生活中的窍门很多，应当学会不断从每天重复的日常工作和生活中找规律，探索节省时间的方法。

比如在办公室准备A、B、C三个常用文件夹，根据重要性和紧急程度分别将需要处理的文件、资料放置在三个文件夹中。需要注意的是：A文件夹装的是当天必须处理完的资料，办不完是不能下班的；B文件夹装的是有时间就抓紧办，没有时间可以缓一缓的事；C文件夹装的是拖一拖就不需要办的事。

再比如，家里常用物品的放置，应当养成习惯，固定位置，找起来就方便。如不养成良好习惯，会花很多时间在寻找物品，不仅浪费宝贵时间，而且还徒增心理烦恼。

买一打规格、颜色、样式完相同的袜子很容易，却是一种生活习惯，是一种节省时间的方法。如果您觉得有道理，不妨一试。

关于考试的感想

最近对考试的话题进行了一些思考，产生了一些感想，现与大家分享。

考试是一个古老而新鲜的话题。我国的科举制度兴于隋、唐，盛于明、清，到明代形成了完备的科举考试制度。科举共分四级：院试、乡试、会试和殿试。院试，即县府组织的考试，由省提督学政亲自主持，及格者称为"秀才"；乡试，即省级考试，三年一考，逢子、卯、午、酉年的秋季举行，由朝廷派主考官主持，及格者为举人；会试，乡试的第二年春季举行，由礼部主持，及格者称贡士；殿试，由皇帝亲自主持，分三甲出榜。一甲三名，赐进士及第；二甲若干，赐进士出身；三甲若干名，赐同进士出身，统称进士。一甲三名，一、二、三名分别称为状元、榜眼、探花。

古代的科举考试，开创了以才取仕的选人用人机制，使一批寒门学子得以步入仕途，是我国历史上选人用人制度的一大进步，但也存在不少流弊。随着时间的推移，考试内容逐渐固化为八股文，少有创新才俊能够入流，还有不少富家子弟因考试而耗了一生，谈不上用所学知识惠及家庭、服务社会。

我国的科举制度早已废除，繁衍到当今则以高考取而代之。1977年恢复高考制度以来，从每年录取几十万人到现在的每年录取几百万人，大学生占人口比例大幅上升，这是社会进步的标志。然而，伴随着大学生迅猛增加的是大学生就业难度不断加大，今天的不少大学生处于失业状态，已是不争的事实。

高考是我国的一大文化现象，记得在恢复高考制度的初期，某个农村的孩子考上了大学甚至中专，全家甚至全族人都会欢天喜地，杀猪宰羊以示庆贺。因高考失利跳楼自杀的现象也不少。一次高考定终身似乎成为大多数中国人的习惯思维。

如果放在大尺度、大视野来考量，这种习惯思维确实不科学，存在许多问题。其实人生不仅只有高考一次考试，而是要终身学习，终身考试。这一观念也许不太容易接受，但又是不争的事实。

在以前，一个大学毕业生在学校所学的知识可能够用一辈子，而今天，一个本科毕业生在学校所学的知识充其量只占一生所需知识的10%。因为，现代社会知识更新日新月异，一个人如果不经常学习充电，很快会被社会淘汰。所以要不断地学习，不断地考试。

高考对年轻人来说，确实很重要，能考一个好学校对自己的前程是有利的。但外因仅是变化的条件，内因才是变化的根据。上了一个好学校，未必就一定会有大作为。许多事实证明了这一点。

有一位台湾的专家对台湾4所一流的学校录取的文理科状元进行了20年的跟踪调查，这160人毕业后，三分之二当了老师，其他的三分之一也鲜有事业大成者。这一现象不仅在中国台湾而且在世界很多地区都存在，其中的原因值得研究。

这些高考状元普遍会背上思想包袱，存在骄傲心理，缺乏沟通意识，缺失创新精神可能是影响他们不断进取、取得骄人成就的重要原因。

一次考试失利并不可怕，可怕的是缺乏终身考试的意识。因为，我们面临的竞争比任何时候都激烈，人与人的智商相差无几。俗话说："谁比谁

都傻不了5分钟。"因此，一次优先不等于永远优先，一次失败不等于永远失败。

纵观古今中外的许多成功人士，多数是起点较差、起步较晚的。苏东坡的老爸苏洵27岁才发奋读书，终成八大散文家之一。三国时吴国的吕蒙将军被时人看作没有文化、一介武夫的代表。他经过发奋努力，苦读兵书，最终让孙权、鲁肃等领导和专家刮目相看，关羽就是吕蒙设计打败的。当今的世界大款比尔·盖茨、戴尔等虽然没有通过考试取得大学毕业证书，但在市场这个大考场上却交出了令世人满意的考卷。

俗话说："不怕慢，就怕站。"就是说，只要选准了人生目标，并朝着这个目标不懈努力，尽管速度不是很快，但最终能够到达目的地。如果一曝十寒、三天打鱼两天晒网，就永远也到达不到目的地。

在人生的这个考场上，心态不同，理念有异，定会得出不同的结果。

心怀一颗永远进取的童心，不断地学习充电，不断地考试检验，一定会离人生目标越来越近！

牌局与人生

　　玩扑克牌是一种最普通的娱乐方式。无论大江南北，还是长城内外，都有许多人对此乐此不疲，并且花样不断出新。

　　扑克牌之所以受到青睐，一是因为有利于开发智力、激励争胜；二是因为游戏场地简易，几副扑克、一张桌了、几个凳了就可以。参加人数多少不限，从两人到十多个人都可以。

　　我已有较长时间没有玩扑克牌了，一次，应朋友之邀，玩了一次"拖拉机"。规则定得挺严，甩牌如一张出不去罚10分，出错一张牌罚10分。

　　一次对方做庄，首先打出方块"拖拉机"带A，我有6张方块，打出了包括方块A在内的5张方块。手上留了一张方块K，其他两家各4张方块，都被洗清，庄家手里还有5张方块且有一个对子，留在后面做"撒手锏"。庄家清了一通主之后，打出了5张方块，以为稳操胜券，岂知我手上的方块K让他止步，按规定要罚对方50分。这时对方两人急眼了，怀疑我作了弊，并说庄家出方块时我未出方块，出了其他牌。于是我将出过的牌进行了还原，庄家出"五甩"的时候，我已下了5张。之后，庄家没有出过方块，他们都没有了方块，我手上的方块就是想出也没有机会，当然在手上。

　　我说，作为庄家有意要甩某一牌，有两种方法保证成功：一是要有24张牌的概念；二是要注意大牌是否下来。所谓24张牌是指两副牌共有24张同色，第一轮"拖拉机"下去后，所出的牌加上自己手上的牌等于24就证明外面没有了这门牌，自己手上所有的牌都可以甩而不会受罚。另外就是比自己手上大的牌下来后也可以甩而不会受罚。显然庄家当时甩牌时没有24张牌的概念，以为我的方块A下来了就没有了方块，因此造成了失误。我的分析让庄家口服心服。

　　玩牌本身是一种娱乐，输赢可以不必太较真，以此一乐而已。有些人玩了一辈子牌却没有认真研究过规律和规则，输赢完全撞大运。但作为一种游戏，是有其规律和规则的，要想提高水平，就得对此进行研究。

　　牌局与人生何其相似！

　　抓牌的好坏是上帝安排的，就如一个人出生在哪个年代，出生在富庶的东部还是贫穷的西部，出生在干部家庭还是农民家庭……对于这些，人们都没有选择的自由，只能听从上帝的安排。

　　如何玩好手上的牌是有讲究的。牌场上常常会出现这样的情况：好牌不一定会赢，坏牌不一定会输，这就是扑克牌的魅力所在。

　　抓到坏牌的时候，首先要心平气和，要有输的心理准备，但要充分利用扑克牌的游戏规则，发挥自己的优势从中取胜，或者从对方失误中撕开一条胜利之路。比如"小对子""一条龙甩"等技法常常会使强大的对方败北。人生也是如此，当我们先天不足的时候，用不着怨天尤人，应该平静地接受。但每个人都是唯一的，都有自己独特的优势，关键是要能够发挥自己的优势。利用自己的优势在社会上在职场中找到自己的位置，并为之努力，相信天道酬勤，只要努力就可能有好结果。

　　我们大家非常熟悉的张海迪，她身残志坚终于站到了知识的高峰；2007年"感动中国人物"李丽，她用美好的心灵温暖迷途人，取得了一般人难以取得的成就，因此受到了社会的尊敬。

牌局如人生！一把好牌在手却没有玩好是令人遗憾的，玩转坏牌而取胜是值得赞美的。一个条件优越的人而一生碌碌无为是令人看不起的，而一个条件不好，起点较低的人赢得人生辉煌是令人羡慕的！

玩扑克品人生

　　一天晚上，应夫人之邀，替她玩了几把"拖拉机"，结果我方挽回败势，反败为胜。

　　朋友相聚，玩玩扑克，对于输赢其实不必看得太重，娱乐娱乐而已，通过玩扑克倒是可以品味人生。

　　首先说抓牌。除了有人作弊以外，牌的好坏靠运气，会有好有坏，可能有的人好运长一点，有的人差运长一点。按照概率论来讲，总体上好坏是差不多的，拿了好牌也不要自傲，拿了差牌也不要气馁。首先要接受手上的牌：即使拿了一把差牌，也要认真地玩下去。就我们这个年纪的人来说，出生在哪个国家、出身于什么样的家庭、工作在哪个单位，是不由自己选择的，主要靠命运安排。工作单位对于从计划经济年代走过来的人来说，基本上是一次就业定终身的，是很少能改变的。而今天市场经济年代，工作单位的变更是一种常态，但也是有所限制的，因为要受地域、专业、年龄等诸多因素的影响，也不是随心所欲的。我们要敢于面对现实，平和心态。

　　其次是要熟练运用规则和技巧。玩扑克就是利用手上抓的牌这一有限资源，充分运用规则和技巧，抑制对方，成就自己。有些人之所以是牌坛高手，就是规则和技巧掌握得好。牌技永远提不高的人，主要是不善于研究规律和技巧。玩扑克如此，工作和生活亦然，都是有规律、有技巧的。比如电脑录入，有的人速度快，有的人速度慢，相差会很悬殊。录入快的人必定有其快的道理，有其快的习惯。据我的体会，要想提高打字的速度，需要选择一种适合自己的输入方法；还要练习盲打，盲打有利于减少手指的无效运动，如果养成了"二指禅"的录入习惯，将终身与录入快手无缘。就录入方法而言，如果学拼音输入法，学起来快，快起来难，因为选字很耽误时间；如果学五笔，学起来慢（需要背熟字根），用起来快，一次大投入（学习时间），终身会受益。

再次是要认真出好每一张牌。打过牌的朋友可能都有过这样的体会，一手很好的牌，因一张不慎，会满把皆输，甚至牌运会因此转变。有一位哲人说过这样一句话："人生的道路尽管漫长，但关键的只有几步。"如果关键的几步没有走好，将会对人生造成不可估量的影响。因此，我们应该认真地对待工作和生活，特别是年龄较大的朋友。现在比较流行的一句话是："三十五岁之前不要怕，三十五岁以后不要悔。"说的是时间资本的重要性。到了三十五岁以后，做了后悔的事，扳本的机会就不多了，所以要慎之又慎。

最后是要控制情绪。情绪对于打牌非常重要，特别是高手搏弈。高手可以从别人面部表情，言谈举止中掌握牌情。一般玩牌的人都难免喜形于色，有了好牌就阳光灿烂，抓了差牌就垂头丧气。对方通过观察表情就能稳操胜券。在日常生活和工作中，如果我们注重修炼"胜之不骄，败之不馁，得之不喜，失之不忧"的豁达情绪，将会有利于我们成就事业，走向幸福的人生。

帮助凡宝找红豆

大家可能听过一个流传已久的故事：黄昏时分，一位哲学家过河，行船之际，哲学家接连三次问渔夫："你懂数学吗？""你懂物理吗？""你懂化学吗？"渔夫均回答："不懂。"哲学家叹道："真遗憾！这样你就失去了一半的生命。"这时，河面上刮起的狂风掀翻了小船，哲学家和渔夫都落水了。渔夫问哲学家："你会游泳吗？"哲学家答："不会！"渔夫说："真遗憾！你整个生命都要失去了！"这个故事说明一个人不仅要懂得科学知识，而且要提高生存能力。在应试教育盛行的我国当下，提高生存能力对孩子尤其重要。

今年暑假，小凡宝不上幼儿园，由奶奶带她参加社会实践活动，加强生存能力训练：给她报了游泳班，让她学会游泳；继续学习舞蹈提升班，与新加坡育儿组织交流；参观北京的博物馆，扩大知识面；同时有练习毛笔字、洗衣服、择菜、炒菜、拖地等项目。

奶奶为凡宝准备了一个小本子，每天对凡宝进行考核，并约法三章，表现好的画个红豆，表现不好时画个黑豆。凑够了一定数量的红豆，为凡宝买一套心怡已久的小马。

没有想到这套考核方法还挺管用：凡宝逐渐改掉了以前喜欢看电视，玩

iPad的习惯。游泳馆的教练夸奖凡宝训练认真，进步较快；舞蹈跳得越来越好，不时受到舞蹈老师表扬；在家帮奶奶择菜、拖地、洗衣也渐入佳境，成为奶奶的好帮手。尤其值得肯定的是，吃饭比前听话多了，速度也快了。但偶尔也有任性的时候。

周日，爷爷、奶奶、妈妈陪凡宝到祥云小镇看了一场电影。出影院时，凡宝要吃爆米花。妈妈、奶奶坚决反对凡宝临近吃饭时吃零食，未能满足凡宝的要求，为此凡宝哭起了鼻子，闹起了情绪。直到进了附近的"九爷家"饭店，凡宝才破涕为笑。每上一道好菜，凡宝先夹给爷爷、奶奶、妈妈，最后才自己吃。这也是凡宝在《弟子规》中学到的，"或饮食，或坐走，长者先，幼者后"，凡宝不仅背熟了，而且早已养成了习惯。

晚上考核时，奶奶说："凡宝在电影院的表现不好，要画个黑豆。"在征求凡宝意见时，凡宝认错认罚，表示今后改正。我说："也要给凡宝画个红豆。"凡宝问："为什么?"我说："凡宝吃饭时，好吃的先夹给长辈吃，有孝心，值得鼓励，要画个红豆。"奶奶也给予了肯定，给凡宝画了个红豆。

对孩子的美德与优点要及时肯定，让它不断巩固，不断强化，不断光大，这样有利于孩子健康成长。这就是爷爷帮助凡宝找红豆的初衷。

如何面对流言蜚语

一位好友向我倾诉，最近遭到了莫名其妙的流言蜚语，于是他很郁闷，想听听我的建设，如何面对流言蜚语？

于是，我与他谈了一些不成熟的想法和建议。

流言蜚语是指在背后散布的毫无根据的诽谤性的话。

我跟朋友说：其实生活中的多数人特别是稍有成就的人，都免不了遭到流言蜚语的攻击。比如无产阶级的领袖马克思很伟大吧，当年，他也经常遭到反对派的攻击。他是如何应对流言蜚语的呢？我记得他有一句著名的名言，大意是：将这些流言蜚语当作蜘蛛网一样轻轻抹去，继续前行。我国汉朝的史学家司马迁伟大吧，不仅遭到流言蜚语的攻击，而且受到了男人最难接受的宫刑。毛主席伟大吧，然而他也经常遭到流言蜚语的攻击，并且多次被免去职务，甚至开除党籍。邓小平同志了不起吧，大家都知道他不仅遭到流言蜚语的攻击，甚至遭到人身迫害，经历过"三落三起"的人生波澜。因此，大凡想成就事业的人，都要有心理准备，去承担更多的挫折和打击，该勇敢地面对流言蜚语，化压力为动力，发奋图强。如果在流言蜚语面前萎靡不振，就等于自己打败了自己。

我跟朋友说：面对流言蜚语，不要把它当作一回事。流言止于智者。能够打倒自己的不是别人，而是自己。面对流言蜚语，我们应该好好反思自己，是否有哪些地方做得不够，如果确实有做得不够的地方，就应当加强修养，改进缺点。如果自己做的事情是正确的，一时别人不能理解，那么自己应该坚持，让时间来证明自己的正确，用不着急于证明什么。舌头在人家嘴里，让他说去吧！你就是你自己，如果能够做到不过分在意别人对你的议论，不过分在意别人对你的评价，不过分在意别人对你的流言蜚语，那么你就成功了一半。老子曰："是以圣人云：'受国之垢，是谓社稷主；受国不祥，是为天下王。'正言若反。"就是告诫人们，要想成就事业，就要有承受委屈、流言、诬陷的能力，而且这种能力对于一个人的成功特别重要。

最后，我开导朋友说：这个世界是丰富多彩的，什么样的人都会有，有的人在兢兢业业、勤勤恳恳地工作，有的人在夜以继日、发奋努力地学习，而有的人却在无事生非，唯恐天下不乱，唯恐别人进步。这种人深受嫉妒心理的危害，是十分可怜的。到头来，受害的不仅是别人，而且是他自己，因为他们将宝贵的时间和精力用在了害人不利己的事情上。中国有句古话："天作孽犹可恕，自作孽不可活。"那些害人的人，最终会祸及自身。

朋友听了我的这些想法和建议，心情豁然开朗。几天后给我打来电话说，现在，觉也睡得着了，饭也吃得香了。听后，我深感欣慰。

从餐巾纸灭火所想到的

一日，与几个朋友一起就餐，其中点了一道干锅，就餐接近尾声，可酒精仍在燃烧，我们想熄灭酒精锅，既不见服务生，也找不到小锅盖。这时我顺手拿起一张餐巾纸盖上了小锅，在朋友感到诧异之时，酒精锅随即熄灭。

在人们的常识中餐巾纸是易燃之物，在某些场合它却能成为灭火的工具。这使我想到中国文化崇尚的阴阳之道——以阴克阳，以柔克刚的道理。再强大的东西都有它软弱的一面。餐巾纸之所以能够熄灭酒精锅的火，是因为餐巾纸找到了火的软肋。

化学常识告诉我们，燃烧必须具备三个条件，缺少其中之一都不行。

一是可燃物。不论固体，液体和气体，凡能与空气中氧或其他氧化剂起剧烈反应的物质，一般都是可燃物质，如木材、纸张、汽油、酒精、煤气等。

二是助燃物。凡能帮助和支持燃烧的物质叫助燃物。一般指氧和氧化剂，主要是指空气中的氧。这种氧称为空气氧，在空气中约占21%。可燃物质没有氧参加化合是不会燃烧的。如燃烧1千克石油就需要10~12立方米空气。燃烧1千克木材就需要4～5立方米空气。当空气供应不足时，燃烧会逐渐减弱，直至熄灭。当空气的含氧量低于14%时，就不会发生燃烧。

三是火源。凡能引起可燃物质燃烧的能源都叫火源，如明火、摩擦、冲击、电火花等。

了解了燃烧的条件，就容易明白餐巾纸之所以能够灭火，是因为餐巾纸覆盖了酒精锅，使助燃物——氧不能进入酒精锅参与助燃而导致熄灭。

这一现象也启迪我，做任何事情都要顺势而为，掌握社会和自然规律，抓住主要矛盾，牵住牛鼻子，就容易解决问题，化解矛盾。

无论现象如何复杂纷繁，都有其中的规律，要掌握其中的规律需要静下心来，认真梳理探索。许多人容易被表面现象所迷惑，是因为心情浮躁、缺少定力。尤其在当今物欲横流的社会，很容易为名为利所迷惑，我们应该回到中国传统文化和先贤圣哲那里去汲取智慧。《大学》曰："知止而后有定，定而后能静，静而后能安，安而后能虑，虑而后能得。物有本末，事有终始。知所先后，则近道矣。"论证了人们接近道（即规律）的心路历程，可谓良言善谏，值得品味。

以上就是我从餐巾纸灭火所想到的浅见，特与读者朋友分享。

木炭是这样烧成的

天气渐凉，北京的火锅特别是老字号东来顺的涮羊肉会大受食客们青睐。产生于大山中的木炭为何能够来到城市，成为了火锅的上乘燃料呢？这不禁勾起了我的回忆与思考。

我的老家在江西省永修县，唐朝诗人王勃在《滕王阁序》中在那里留下了大家熟悉的千古名句——"物华天宝，人杰地灵"。那是一个山清水秀的地方。我记得二十世纪七八十年代，不少四川、安徽等省的外地人到我们老家以烧木炭为业。他们承包一片木柴茂盛的山区，以交一定数量的木炭给山权所有者为承包代价。

我曾随同外公一起到山中购买过木炭，在与师傅的交谈中了解了一些烧木炭的常识。他们在山上就地势挖个大坑，垒起一个个木炭窑，将木柴砍成段，放进土窑煅烧。木炭质量不仅取决于木柴品种，而且取决于供氧量即火候。有经验的师傅能够烧出好木炭——脚（接触地面部分）短，硬软度适中，颜色乌黑，响声清脆。如果火过大，木炭的火力就弱，如果火候不到，燃烧木炭时就会冒烟。师傅主要是凭经验看火候。也有些新手烧砸的：要么木柴成了灰烬，要么因火候不到木柴被烧成了非木非炭的次品。煅烧木炭的关键是控制供氧量。烧木灰是最容易的，把木柴堆在一起让其在空气中燃烧即可。

人法自然，大道至简。煅烧木炭之道与我们人生之道又何其相似！一个人要有所成就，有所价值，也需要适度使用能量，千万不要过度透支。试看当今社会有多少像王均瑶、高秀敏、傅彪、罗京一样的优秀人才，他们为了事业辉煌而忽视了自己的健康，减少了睡眠，亏待肠胃，放弃了体检，其结果是透支了生命，虽然赢得了一时的升腾耀眼，却英年早逝。这样受损失的不仅是他们个人，而且还有家人和社会。

中庸之道是中国人的大智慧，过和不及都是不可取的。从当今社会现象来看，主要矛盾是"过"。试看当今的白领尤其是女性白领，她们为了急于求成，取得成功，需要不断地拔眉毛、涂口红，有的则不断地做美容甚至削骨美形。许多女性白领长期加班熬夜，经常疲惫不堪，其实这些行为无异于"自毁长城"，是在加速燃烧自己，推进"成灰"的进程。令人可叹的是，不少人已经习惯了这种生活方式，自己损害自己而浑然不知。

我曾在多种场合奉劝朋友，在当今物欲横流、人心浮躁的时代，一定要学会淡泊、宁静，要拿得起放得下。具体的做法就是在保持良好心态的同时，不要长期熬夜，养成十一点以前睡觉的习惯。许多朋友几年前采纳了我的建议，今天得以受益。

北京弘悦和文化传播有限公司总经理刘劲梅在2009年9月20日上午的开业典礼致辞时，还特意感谢我几年前建议她养成早睡习惯并且从中受益。我听后非常高兴，因为这表明我的善因使朋友收获了善果。

为徐惟诚先生水滴石穿持之以恒的精神点赞

建华自2013年6月在江苏黑松林粘合公司听了八旬高龄的原中宣部常务副部长徐惟诚先生演讲之后,后来又聆听了徐惟诚先生的演讲,从中得到了许多有益的人生启迪。

徐惟诚先生自2005年开始为《中外企业文化》杂志写卷首语至今,每月一期,从未间断,这对于年轻人来说不难,而对于年过八旬的老人来说确属不易。徐先生不仅是每期一篇,而且每篇都要写出新意,这些卷首语现已结集出版成书。为了写出新意,徐先生不仅要向书本、媒体学,而且要下企业、到社区作调研,犹如蜜蜂采得百花酿成甜蜜。因此,徐先生精神可嘉,值得为他点赞。

徐先生在演讲中讲到,他的这种持之以恒水滴石穿的精神自年轻时就开始养成。徐先生说,他20多岁时主办《上海青年报》,主要读者对象是中学生。为了接地气、更鲜活,他主动要求到一所中学担任政治教员,每周组织学生就热点话题进行讨论,并将这些鲜活的材料见诸笔端刊发在《上海青年报》上。这张报纸深受中学生欢迎,成为发行量达到40多万份的具有较大影响力的报纸。徐先生在担任《上海青年报》主编的6年时间里,都坚持每天阅读6封读者来信，3封由总编室选取，3封自己随机选取。徐先生说，每天只需花几分钟时间，却能把握时代脉搏和青年心声，使报纸接近读者，办出特色。徐先生说，每个人每天花几分钟做一件事情并不难，但能几年如一日持之以恒的就很少。

最容易的是坚持，最难的也是坚持。

徐先生持之以恒水滴石穿的精神，正是我们这个浮躁社会稀缺的精神资源，我们应当从徐先生的人生坚持中得到有益的启迪。

应对复杂职场的大智慧

一日，几个好友相聚聊天，其中有一位朋友在原化工部一个局级研究院担任中层干部十多年，担任副书记、副院长近二十年。她因临近退休年龄转为非领导职务，在职场平安着陆。

大家对这位女领导敬重有加，她能够在这个单位任职这么长时间，并且能得到前后几届领导和职工的认可，这实属不易，其中必有职场大智慧。

先来说说这家单位复杂到什么程度。这是一个有着五十多年历史的行业研究院，可谓是人才济济。知识分子多的单位，聪明人就多；又遇上改革开放的转型期，有限的职务、有限的涨工资指标、有限的住房资源，造就了这群聪明人施展聪明的动机。为了搞垮别人，一些人用上了写诬告信、贴大字报、小字报等伎俩，唯恐天下不乱，有事没事，鸡毛蒜皮的小事，告状信都会寄到中纪委，甚至国家领导人。这个单位的告状名声远播。在这个单位工作的领导或受到排挤，自己不干；或告状信太多被上级撤换，主要领导更换频繁时甚至两三年一换。

当年部里采取提职的方式在机关干部中为这个单位选派领导，结果没有人愿意去。有的干部说，就是在部里一辈子不提拔也不愿到那样的单位去。

有个处级领导服从组织安排，由处级提拔为副局级到这个单位当了副书记、副院长，分管政工、后勤工作，结果硬是被日夜纠缠的人员闹得精神焦虑、严重失眠，三年之后，主动放弃了领导职位，选择了调离。

直到现在，仍有一批到处告状的人，竟然夸张到举报这个单位几位领导合伙贪污了三个多亿。其实这个单位的所有资产也不值三个亿。

而文章开头提到的这位朋友却在这样的环境中担任副职近二十年，陪了五任正职，并且分管人事、后勤等职工利益攸关的部门，处于矛盾的焦点岗位，我们来听听她应对复杂职场的人生大智慧。

一是要相信日久见人心。她说，有些人喜欢搞"一朝君子一朝臣"，来了一个新领导就急于表现，没事套近乎，天天表忠心、进谗言，除了自己，单位没有好人。这样的人终究没有好下场。聪明领导很快会认清真相，辨别真假好坏。真正有品行的人心地坦然，真正有本领的人不愁无人重用，此处不留人，自有留人处。她说，有一位新领导刚上任时，不少中层干部都纷纷找他汇报思想，做人事处长的她却不去套近乎。这位领导听多了谗言，遂对她产生了误会，认为她不懂业务、没有能力、品行欠佳，进而多次在中层干部大会上点名批评她，甚至动过要撤换她的念头。在这种情况下，她便主动找这位领导表明了自己的态度。结果俩人越谈越投机，从工作谈到人事，从历史谈到现状，从现状谈到未来……尽管已经谈了整整一个上午，但这位领导还没有听过瘾，要她下午接着去谈，结果整整谈了一天。这次谈话使这位新任领导了解了院里的真相，并且在资金困难的情况下，为人事部门购买了计算机及软件，建起了人才库，推进了人事管理现代化。后来这位领导还力排众议提拔了曾经常挨批评的她担任了院里的副院长。

这就是对"路遥知马力，日久见人心"的经典诠释。

二是面对恶人要比他还恶。这位朋友快人快语，嗓音洪亮，办事果断。她深知，对待讲理的人应当和风细雨、以理服人，而对待无赖，对待恶人就不能过于温柔，否则，他会认为你软弱可欺，得寸进尺。这也是她在长期的

磨炼中总结出来的感悟。她曾经有过这方面的教训，被一些无赖纠缠得寝食不安。后来，她改变了策略，碰到影响她正常工作的无赖，立即打电话给保安强行架走；碰到在办公室拍桌子的，她就"以其人之道还治其人之身"，桌子拍得比他还要响，从气势上压倒他；碰到无中生有贴小字报进行人身攻击的，她会拍案而起，站在办公室门前骂娘，使无赖小人产生惧怕。

中国有句古话："恶人还需恶人磨。"一个单位只有正气旺盛，才能压倒邪气。

她说："敢说硬话的关键是自身要过得硬，做到清廉公道。如果自己本身就不干净，那迟早会被赶下台，在这个单位就无法立足。"

三是牢记职场"三不"。一位正职领导退休前与她进行过一次谈话，赠给她职场"三不"箴言，即不与上司争荣誉、不与同级争位子、不与下属争利益。

不与上司争荣誉，就是要摆正自己的位置。当副职的是助手角色，不要与正职抢镜头。要认识到，取得的成绩都是在正职的领导下取得的，因为副职出了错误，正职要承担领导责任。而我们的现实生活中，有一些副职却摆不正自己的位置，甚至倚仗某种特殊关系，与正职分庭抗礼，极端的还雇凶杀人。在职场要有看淡名利的胸襟，不争一时之利，着眼赢在人生终点。

不与同级争位子。位子有限，欲望无限。求上进是职场人士之本能，但要弄清本末。要懂得有为才能有位的真谛，不能本末倒置。如果把心思都用在嫉妒、诬陷别人身上，必然会影响自己的学习与工作，必然会被别人识破，从而导致人际关系紧张。专心做好自己的工作，在正常情况下，有为是因，位子是果。也就是人们常说的"有心栽花花不发，无心插柳柳成荫"。老子教育后人说："为而不争。"其实，不争反而能够得到，这是人生的大智慧，符合天道人性。

这位朋友在购单位集资房时，单位按照多种因素打分，她的排位靠前，但她主动提出排位往后挪，让其他同事在她前面挑房子，这种境界不是一般的人能够做得到的，而她做到了。

不与下属争利益。如何才能成为一个好上司，除了教育引导下属实现人生目标之外，还要关注下属的物质利益。每个人都是社会人，生活在社会之中，每天要面对柴米油盐等生活琐事，还会遇到职称评定、学习培训、孩子求学、老人求医等棘手问题。作为一个领导，应当努力满足下属的物质利益，为其解决后顾之忧。有了好处先想着下属，这样的领导岂有不受拥护之理呢？多数人是会知道感恩的，当你有恩于下属时，就会赢得下属的人心人力人智。

如果在职场能够做到"三不"，也就意味着处理好了上下左右等人际关系。心态调整好了，人际关系和谐了，心情也就舒畅了，职场平安便也理所当然了。

我们大家都对这位朋友的职场智慧感到敬佩，觉得这些智慧很值得大家学习。但同时也为这个单位的那些无事生非、没事成天告状的人感到痛惜。他们将自己大好的时光、心思都用在了毫无意义的事情上，既害了别人，也害了自己，甚至影响了子孙后代。我们真诚地奉劝一句，在职场的同志，多把心思、时间、精力用到正道上来，多做点有益于单位、有益社会的事情，多为单位为社会作贡献；那些无事生非的老同志应当抛弃历史恩怨、心情舒畅地安度幸福晚年。

只有适应才能生存

一日，与夫人到孙河花卉市场购买了一棵巴西木、一个鱼缸和几个瓷制花盆。给家里几盆花更换花盆的计划作了很长的时间，因故一直没能如愿，这次总算将计划落到了实处。

我们家的一棵君子兰已经养了几年，用的还是刚买来时的小花盆。当我们把君子兰从原花盆中拔出来的时候，发现君子兰的根几乎挤满了花盆，许多根在盆里拐了几道弯，真让人心痛。只怪我们没有早点"解放"它，如早点为它换上大盆，它可能会长得更好，花儿可能会开得更艳。

我们家的君子兰也使我们产生了一些联想：世界万物，都要适应生存环境，只有适应才能生存，只有生存才能发展。就像这棵君子兰一样，当时只给了它一个很小的生存环境，它只有艰难地在这个小环境里生存，根系伸展不开就沿着盆壁弯曲着生长。即使让它受了委屈，限制了它的生长，但它还是每天为主人展示绿叶，按期绽开鲜花，尽情地回报主人。

生活中，我们每个人都有可能会遇到像这盆君子兰一样的命运。一些很有才华和志向的人，也许会被安排在一些枯燥的只需要简单、重复劳动的工作岗位上，暂时施展不开自己的才华。在这种情况下是自暴自弃呢？还是默默无闻、踏实工作、等待机会呢?

据说陈天桥第一份的工作就是一份孤独、简单的工作，但他一干就是十个月。尽管这是一般人无法承受的，而陈天桥不仅承受了，而且拓展了许多职责以外的视野，建立了好的人脉关系，果然，十个月之后，好运降临到他的头上。

我家的君子兰虽然受了几年的委屈，但也是幸运的，因为它终于迎来了好运，但愿它在新的环境中茁壮成长!

第一篇　阐幽明微

不要过于自信

　　人生不能缺乏自信，自信是成就事业、快乐生活的重要因素。一个人一旦缺乏自信将一事无成。成就事业首先要敢想，凡是人们想做的事都有两种可能：一种是做得成，一种是做不成。而连想都不敢想的事，那肯定做不成。

　　但也不能过于自信，过于自信也容易出问题。

　　我有个朋友，骑了几十年的自行车，骑车技术可谓炉火纯青。前不久，因过于相信自己的技术而出了事故。

　　一天，他在逛体育用品商店时，在销售员的艺术推销下买了一双自行车运动员戴的手套，据说戴上这种手套骑车有利于保护运动员的手关节。

　　那天他骑车行进在下班路上，突然想起了那双运动手套，想感受一下保健用品的功能。他起初想下车戴手套，但又一闪念，何必下车？凭着自己娴熟的骑车技术，边骑边戴手套岂不省事？于是，他没有下车，仅是减慢了车速，从包里掏出手套，边骑边戴了起来。如果是一般的手套，戴起来比较容易，不会有事，恰恰这种运动手套比较紧，戴上有点费劲，一分神，车把一歪，重重地摔在了地上。结果下巴着地，摔了个大口子，血流不止。好在人行道上行人和骑车人较少，没有发生"次生"事故。

这位朋友只得一手扶着车把，一手捂住伤口，赶到医院缝针处理。

说起这次事故，这位朋友认真总结了事故原因，深有感触地说："问题出在对自己的骑车技术过于自信，如果停下来戴上手套再骑就不会有这次事故了……"

这位朋友的"不要过于自信"的教训，对于我们大家都会有借鉴意义。

理解失误

我有一位在证券咨询公司当总经理的朋友事业发展了，办公地址由城南搬到了城北，房间也由小套换成了大套。他一直说我的字写得好，欣逢公司乔迁之喜，盛情邀我给他的办公室写一幅"厚德载福"的书法作品。我还有点自知之明，我说我的字很一般，登不了大雅之堂，但我可以帮您请一位书法家朋友来帮您写一幅漂亮的书法作品。

我把这事交给了一位书法家朋友，几天之后，这位书法家朋友认认真真地写好了楷书、隶书、行书等几种字体的"厚德载福"书法作品，并让我约证券咨询公司的朋友当面送交。

书法家朋友小心翼翼地装好书法作品后蹬上了公交车，可是下车时却把那个装书法作品的纸袋遗忘在了车上。

书法家朋友到我公司后非常不好意思地说："你看这叫什么事，专程送字过来却把它弄丢了，害得你和朋友白跑一趟，实在是不好意思！"

我非常理解书法家朋友此时的心情，我说："谁都会有失误的时候，我也会经常犯错，没关系，丢了就再写一幅，下一幅肯定比以前的会写得更好些。"书法家朋友听了我的安慰，心情轻松了许多。那位证券咨询公司的朋友了解了原委后，也饶有风趣地安慰说："这是老天的特意安排，因为丢了那幅字，不是给我们增加了一次相聚的机会吗？明天请您到我们公司去重写一幅，岂不更好吗？"

一场失误和尴尬，在我们的理解中化解。

人与人之间需要更多的理解。

精力聚焦在哪里成果就会在哪里

小时候用放大镜在太阳底下点燃纸张的游戏，至今记忆犹新。当我们用放大镜的一面对着太阳，小焦点对着纸张，用不了多久，纸张就会点燃。当时，我们都觉得特别神奇，特别好玩。

现在想来，倒是得到许多启迪。

如果只将纸张直接放在太阳底下，就是晒上一个夏天它也不会被点燃。上述游戏中的纸张，之所以能被点燃是因为整个放大镜接受的热量都集中到了纸张上。

我们每一个人都有很大的能量，都有特殊的能力。为什么有些人不能够事业有成呢？可能是没有将自己的能力聚焦，将能力分布得太广太泛，因此成效不能显现。

如果我们能够像太阳底下的放大镜一样，一定能够成就自己的事业。

大家都知道，舟舟是一个智障孩子，但他将能量聚集到了音乐指挥上面，他指挥的曲目在美国大剧院演出时获得了全场几百名观众长达十分钟的掌声，这是对中国演员的空前肯定，智障的舟舟为祖国争得了崇高的荣誉。

邰丽华是一位聋哑女孩。由于她将精力集中到了舞蹈上，她领舞的"千手观音"得到了国内外观众的喝彩。

如果我们选取了适合自己的人生目标，并注意聚焦，我们的人生一定会辉煌！

冥王星降级有感

　　来自全球75个国家和地区的两千多名天文学家经过12天激烈争议，于2006年8月24日国际天文学联合会对行星作出了定义：行星是围绕太阳运转的天体，必须有足够大的质量，能依靠自身的重力，通过流体静力学平衡，使自身的形状达到近似球形，并且能够清除其轨道附近其他物体的天体。

　　在这一定义的基础上对争议了七十多年的冥王星是否继续保持行星的地位进行了投票表决，结果是将冥王星开除出行星之列，降为"矮行星"。其理由是冥王星质量太小，且不具备清除其轨道附近其他物体的功能，现在剩下的八大行星即水星、金星、地球、火星、木星、土星、天王星和海王星。这一决定颠覆了天文学界的一系列观念，对人类思维及社会发展都将会带来深刻影响。

　　本人认为这一决定属创新之举，并由此引发以下思考。

　　一是争议止于标准。冥王星到底属不属于行星，从美国天文学家发现冥王星之初一直争议不断，之所以争论时间长达七十多年之久，是因为对行星没有客观标准和定义，因此争论也不会有结果。这次会议之所以能出结果，是因为天文学家确定了客观的标准，有了客观标准就不难终止争议、作出判断，即争议止于标准。看看我们的现实生活中，存在不少的无效争议，其原因就是没有客观标准。

二是质疑是科学发展的前提。孔子曰："学而不思则罔，思而不学则殆。"意思就是说：只重思考而不注重学习，就有可能因误入歧途而招致疲乏及危险；只重学习而不注重思考，就有可能遭到蒙蔽而陷入迷惑。我们一方面要多读书，汲取知识；另一方面不能迷信书本知识和科学大师，要敢于质疑。不敢质疑就难以创新、进步和发展。这次国际天文学联合会，无疑为我们作出了榜样，大会对以往在"天国"长期占据行星地位的冥王星提出了质疑，作出了科学的评判，对前人的权威结论进行了改写，重开了天文学界的清新之风。

三是无其能就不应有其位。国际天文学联合会对行星的定义，赋予了多种功能，不具备主要功能，就不能拥有其位。功能是本，职级、职位是末。《大学》曰："物有本末，事有终始，知所先后，则近道矣。"从冥王星引申到我们现代社会的人，道理是相通的。一个人只有具备了一定的素养和能力并且使其充分发挥作用，才能获得与其能力相应的职位和职级。否则，空有其名，其位难保。如今许多高校打破了教授、博导终身制，出不了成果，达不到要求，也会遭遇降级或出列。

四是对天国事物的评价都逐渐做到公平、公开、公正、民主、合理，那么对人间的事情将会更加公平、公开、公正、民主、合理，这是人类社会发展的必然趋势，需要大家为之努力。

认清事物本末，度过快乐人生

《大学》曰："物有本末，事有终始。知所先后，则近道矣。"译成白话文的意思就是："世上万事万物都有本有末，有终有始，明确了它们的先后秩序，那就基本上掌握了事物的运行规律。"出生在两千五百多年前的曾子是孔子的得意门生，被后人尊为宗圣。他的著作颇丰，其中《大学》为"四书"之首，《孝经》流传甚广。

也许有人会说，作为成年人认识事物的本末和先后还有那么困难吗？但在现实生活中，还确实有不少人没能明白事物的本末与先后，乃至本末倒置的现象比比皆是。

贪图金钱命丧黄泉。生命对于人来说应该属于本，而金钱对于人来说应该属于末，也就是俗话所说的："生不带来，死不带去"。生命在人生的数字中属于1，金钱、地位、爱情等在人生的数字中属于0，只有有了1，0才会起作用，如果没有了1，那些0就没有任何意义。这个道理虽然说来很简单，而这个简单的道理有些人甚至是高官、精英和饱学之士却没有弄明白，不少人为了金钱舍本逐末命丧黄泉。

买官卖官鸡飞蛋打。官乃履行国家职能的重要职务，按照现在的说法是国家的公务员，即获取纳税人提供的俸禄而为人民服务的人员。对于公务员来说，具备公务员的本领和素质是本，相应的职位和级别是末，职位和级别是由本领和素质所决定的。知道本末的人就会通过努力提高本领和素养来提高职位和级别。而现在不少地方却本末倒置，出现了买官卖官的现象，有的地方还明码标价，想要获得什么职位和级别的官职只要交够银子就行。看过《乔家大院》的人都知道，腐败的清政府卖官的行径连晋商乔致庸都不耻。政府说要捐海防，乔致庸带头并超额完成捐款任务，政府要卖个二品官给他，他却不顾冒得罪朝廷的风险也不从命。因为乔致庸认为任命朝廷的命官是一项严肃的事情，平头百姓只能通过科举去考取功名，而不能花银子去买。如果用银子可以买官当，那官也就不值钱了。乔致庸可以算是弄清了本末的明白人。

再来看看我们今天的现实生活中出现的一些本末倒置的怪现象。中纪委公布了一批买官卖官的典型案例。四川省财政厅投资处原处长雷某某、黑龙江省鸡西市教育局原党委书记刘某某、山西省临汾市公安局原局长邵某某、山西省翼城县原县委书记武某某、云南省德宏州梁河县原副县长尹某某，他们分别因为"跑官要官""买官卖官""拉票贿选""搞非组织活动"被查处，受到党纪国法的严肃处理。说到买官卖官不能不说到黑龙江省原政协主席韩桂芝和原绥化市市委书记马德。原黑龙江政协主席韩桂芝曾担任省委组织部长等要职，收受卖官的收入九百多万元。民间有言戏称："当年的韩桂芝叫谁上谁就上，今天的韩桂芝叫谁下谁就下。"马德被民间称为"乌纱帽批发商"，因此获利六百多万元。据报道，共有265名官员涉案，除两名省部级高官外，还包括绥化市下辖十个县市的不少处级以上干部，仅绥化市各部门的一把手就有五十余人。这个马德既向下属卖官收取"乌纱帽"款，同时为了自己的升迁向韩桂芝买官，在当绥化市市长的时候，想买绥化市市委书记的位子，出的价钱在八十万元左右。这些本末倒置的买官卖官之徒必然没有好下场。本该享受天伦之乐的韩桂芝只能在高墙之内了此残生。马德尽

管检举有功得以保住性命，但也将老死狱中。他们的非法所得自然也不会为其所享，夺之于民还之于民。

制假造假害人害己。对于商家来说，向消费者提供优质的产品和服务是本，由此而产生的利润是末，只有本固，才能利长。而许多商家利令智昏、本末倒置，不在提高产品和服务质量上下工夫，却违背职业道德弄虚作假，想方设法以次充好，通过损害消费者利益来获取暴利。齐齐哈尔制药二厂因利用工业原料生产的"亮菌甲素"致多人死亡而成为世人关注的焦点。政府监察、药监、公安等职能部门介入调查此案。据介绍，假药事件发生后，齐齐哈尔警方依法迅速对事件的相关责任人采取措施，法人代表、厂长、副厂长、采购员、化验员、技术厂长、化验室主任在内的责任人被警方控制，另有一批公司相关人员接受了警方调查。除广东省成为齐齐哈尔制药二厂假药的重灾区外，该厂的假药还波及全国许多地区，该厂生产的其他药品也相继下架。假药不仅严重损害了消费者的利益，而且殃及厂里普通员工的生活及齐齐哈尔市的形象。

在我们的生活中本末倒置的事例不胜枚举，不少人因为本末倒置而深受其害。如果我们能够从中华传统文化中吸收智慧和养分，也许我们的生活会更快乐，人生会更幸福。

职场瑞雪飞，冷暖可预知

我国有一句成语叫做"一叶知秋"。意思是由落下的一片叶子，可以知道秋天到了。哲学规律告诉我们，世界是物质的，物质是运动的，运动是有规律的，规律是可以把握的。

身处职场的人们对自己职业生涯的走向是可以通过各种迹象预知的，因此，见微知著的准确度不仅对一个人职业生涯的发展，而且对人生的成败都会有很大的影响。比如，一些功勋卓著的老干部在政治运动期间因为看不到前途而走上绝路，自行结束了自己的宝贵生命；而有些人虽经磨难、历尽沧桑，但坚信正义必将战胜邪恶的社会发展规律，终于熬过了"冬天"，迎来了人生的"春天"。这两种不同的结局与当事人对职场和对社会规律的准确把握度密切相关。

在发展市场经济的今天，我国职场的竞争更为激烈。提高对职场规律的把握能力具有重要意义，特别是要避免误将职场"预兆丰年的瑞雪当作了残雪"，错过了难得的机遇。建华根据长期的职场经历，认为职场纷飞的"瑞雪"主要有以下几种。

一是频繁安排分外任务。一般来说，规章健全，职责分明，各司其职是

企业的常态，但你也有可能碰到上司频繁将本应由别人干的事安排给你来干的例外。面对这种例外，有的人可能会责怪上司不懂规矩，"乱点鸳鸯谱"，或推辞任务，或敷衍塞责。而有的人则把它当作职场"瑞雪"，再难的事也一肩挑起，尽力把分外的工作干得漂漂亮亮，因此，自然会得到上司的好感，在上司那里赢得一颗颗"红豆"。我赞成后一种态度和做法，因为规章制度难免有滞后性，并且主要解决常态问题，而管理艺术往往需要变通，需要合适的员工来完成重要任务。若这片"瑞雪"飘到您的身上，您是拒绝它呢，还是欣然接纳它呢？明白以上道理后，相信您不难作出回答。

二是频繁调整工作岗位。职场人员大致可以分为两种类型，一种是专业型人才，一种是管理型（或称复合型）人才。一般来说，专业型人才以纵向变动为主，在同一领域干的时间越长价值越大。而管理型人才，则以横向跨专业变动为主。人事组织部门会根据高层的旨意对拟培养为管理型人才的人员岗位调整会相对频繁一些。这样有利这些员工熟悉多个专业和岗位的工作内容和相关程序，以便增长其管理协调能力。面对飞来的岗位频繁调整的"瑞雪"，可能有的人会抱怨，特别是那些由相对安逸、权重的岗位调到艰苦、繁重的岗位的人们，更会心理不平衡，情绪低落，自然会影响工作绩效。而有的人则抱着"只要发生，都会对我有好处"的心态，对频繁调整的工作，哪怕是到艰苦的岗位去冲锋陷阵，也乐观接受，迎接挑战。当频繁调整工作岗位的"瑞雪"降临到你头上的时候，你应该知道怎样应对。

三是上司给予严厉批评。在职场上上司不轻易批评下属是一种常态。不仅老外对此有很多理论，而且我国古人对此也很有研究。比如孔子对如何批评人就很有研究。他说10岁以下的小孩犯了错骂几句问题不大，因为他的自尊心不太强；10至20岁的人教训几句，他还可以承受；20至40岁的人要少用教训，多用暗示，因为他对教训容易产生抵触情绪；40岁以上的人犯了错怎么办呢？既不能骂，也不能教训，最好的办法是送他一本书，让他自己去阅读、反省、领悟，自己认识错误，改正错误，这样的效果可能会比较好。由此可见，孔圣人不愧为我国历史上的伟大教育家。但是，现实的职场是会有例外的。有些上司由于对下属爱之深，责之切，望铁早成钢，可能会对深爱的下属要求严格，甚至批评严厉。还有的上司会有意考验下属承受压力和挫折的能力。当你遇到了这种情况会怎样处置呢？是往坏里想，认为上司是跟你过意不去，使你难堪，进而对抗上司，消极工作呢，还是把上司的严厉批评当作真诚的爱护和鞭策的动力，进而改正缺点，发奋努力呢？可见，对职场风云的理解会深刻影响人们的行为。

以上仅是一孔之见。职场景观，气象万千，不是一篇短文所能概括的。任何时候都要以积极的心态面对现实，这是所有追求进步的职场人员都应该拥有的品质。

追求外在美需要付出沉重代价

爱美之心，人皆有之，女士尤盛，然而有一条信息女士需要引起重视。

据"中国之声"广播电台报道：一位资深的英国专家的研究成果表明，一位讲究化妆的女士，一生中通过皮肤吸入的化妆品超过一千克，令人震惊！更麻烦的是，化妆品大多含有有毒有害物质，这些物质是产生疾病甚至致癌的主要原因。

这位专家还介绍：通过皮肤吸收的这些化妆品比通过嘴巴吃进去的危害性更大。因为如果从嘴里吃进去，人的唾液可以分解大部分有毒有害成分。看来老外的研究还是有一定道理的。

建华听到这则消息后有以下感想。

一是要明白本末。健康是本，美丽是末。健康是1，美丽是0，美丽是依附在健康之上的，没有了健康，美丽也随风而逝。皮之不存，毛将焉附？

二是要分清内外。化妆也好，美容也罢，只能解决一时的外在之美。再美的化妆，洗一把脸就可能本色依旧；染黑的头发，用不了一个月又会白发再现。自然之美，本色之美，智慧之美，才是真正的美丽、长久的美丽。

三是要方法得当。西医强调"病从口入"，中医重视"病由心生"。我们对这两个观点不要偏废，应该包容接纳。西医有西医的科学，中医有中医的智慧。中医认为：大医治国，中医治人，下医治病，并且认为人的绝大多数疾病与情绪有关，即"病由心生"。人们通过化妆美化的缺陷大多能从心理、情绪上找到根源。如果认可这些道理，可以对爱美的方法作一些调整。不妨在心理美容、饮食美容、起居美容上多下些工夫。比如多走出家门，融入社会，参加一些适合自己的沙龙、讲座，交流自己的思想，获取他人的真知；在彻底解决了温饱问题的今天，人们在饮食方面主要需要注重清淡饮食，精粗搭配，最好是远离香烟和烈酒；在起居方面白领人士尤其要注意该睡觉的时候要睡觉，该起床的时候要起床。千成不要长期夜以继日，拿生命换金钱——因为当今多数亚健康症状都与睡眠不足有关。

以上观点，我在"贤文书友会"上多次讲到，许多朋友听了我的建议后，心情、气质、面容方面发生了可喜的变化。她们都深深地感谢《增广贤文》和"贤文书友会"。

当然，也没有必要听化妆而色变。适当选择清淡的、天然的化妆品也无妨，无非就是尽量避免让皮肤少吸入一些化妆品而已。应该注意的是明白本末、分清内外和方法得当。

愿朋友们青春永驻，魅力长存。

从小槐树与铁栅栏和谐相处的故事里得到的启迪

中国人讲究"天人合一",提倡人与自然和谐相处。

老子曰:"人法地,地法天,天法道,道法自然。"意思就是说人要向地学习,地要向天学习,天要向道学习,道要向自然学习。大自然是万物最好的老师。我们人类应该善于向大自然学习。

大家都知道,我们的祖先重视五行,认为天地万物都存在着金、木、水、火、土五种属性。而五行之间又有相生相克的关系,彼此之间循环不断,生生不息。

五行相生,即水生木、木生火、火生土、土生金、金生水。其具体的理由如下。

因为水可以灌溉树木,所以水生木。因为火需要借助木材的燃烧,才得以延续火力,所以木生火。因为木材燃烧之后,成为灰烬,归于尘土,所以火生土。因为金属乃是蕴藏大地之矿,所以土生金。因为金属为固体,经融化之后由固体变为液体,所以金生水。

五行相克,表现为水克火,火克金,金克木,木克土,土克水。其具体的理由如下。

因为水可灭火，所以水克火。因为火可以融化金属，所以火克金。因为金属制成之器具可以削砍树木，所以金克木。因为树林之根可以固定泥土，保护水土，所以木克土。因为土可以抵挡水，人们常说"兵来将挡，水来土掩"，所以土克水。

五行相生相克是古人对事物运动规律的总结，所用的概念也不完全是指某一具体物质意义上的事物，而是一种比较抽象的概念，就像中医上的"五脏"（心、肝、脾、肺、肾）并不是指具体器官，而是指其代表的功能。从总体上来说，万物之间相生相克的理念是值得借鉴的。

我们认识事物需要掌握"度"，哲学上有一个观念是"真理向前跨一步就成为谬误"。自然界的五行相生相克也是相对的，不是绝对的。比如，水克火是普遍真理，但有时水能生火，比如，电石遇水就会起火，船家一般不运电石，因为风险很大，装电石的船一旦着火就没救。再比如，土克水，一般情况下堤坝可以挡水，但碰上特大洪水，堤坝就有可能被冲跨，形成洪灾，造成损失。

有一个金与木"相生"的案例值得与读者朋友分享。

一天，北京青年湖济公砂锅店门前的一棵槐树与加油站的铁栅栏和谐相处的景象引起了建华的兴趣，遂用相机拍下了这一景观，并对此引发了一些思考。

这棵槐树以顽强的生命力从栅栏外穿进栅栏内，吸取大地的精华，向上生长，在这个过程中遇到了铁栅栏的限制阻碍。随着春夏秋冬的循环，小树一天天长大，力量一天天增强，坚固的铁栅栏也为小树的坚毅所感动，为它让出了空间。于是，铁栅栏由原来的两根平行铁杆慢慢变成了弧形。小槐树对铁栅栏的宽容也非常感激，随着自己身体的长大，不能过分地为难铁栅栏兄弟了，否则铁栅栏兄弟超过了一定的弹性就有可能断裂。小槐树也敞开胸怀包容了朝夕相处的铁栅栏，将铁栅栏融入其中。由此构成了一幅金与木的和谐"相生"的画面。

人法自然，自然是我们最好的老师。

当我们看到向来被人们视为相克的金和木能够和谐相处时，便联想到了我们人与人之间也应该懂得忍让和宽容。忍让和宽容可以为我们提供更大的空间，为我们的事业拓展更大的舞台，为我们的人生带来更多的和谐与快乐。

不该打听的不要打听

人是社会人，生活在社会中，需要与各种各样的人打交道。在与人打交道的过程，要懂得人际交往的规矩和"潜规则"。比如，不该打听的不要去打听，否则会造成尴尬，引起误会。

那么，在人际交往中，哪些事情是我们不宜打听的呢？

一是不要去打听女士的年龄，因为女士年龄属于隐私范畴。女士大都不喜欢将自己的年龄告诉别人。如果有人不懂规矩，与女士初次见面，遂生好感，继而去打听女士的年龄，会令女士生厌，怀疑这个人可能图谋不轨，通常会遭遇尴尬。

二是不要打听别人的收入。一般情况下，人们大都不愿将自己的收入告诉别人，说高了会有露富之嫌，说低会有窝囊之感，因此个人收入也属于隐私范畴。该让知道的，如单位领导、税务部门自然知道，不该让知道的人最好不要去打听，否则自找没趣。

许多案例可以印证以上观点。

建华有一个旅居海外的朋友，十多年来在国外从事中国传统文化的传播工作，每次来北京建华都会安排圈子里的朋友相聚。这位朋友是一位表演语

言艺术家，声音雄浑、穿云透雾且举止优雅，令不少朋友心生羡慕，有的人一高兴就打听他的年龄，但均遭到拒绝，弄得场面尴尬。后来这位朋友告诉我，在国外，不仅不宜打听女士的年龄，而且男士的年龄也是不宜打听的。

一位在企业工作的朋友告诉建华，老家的亲戚曾通过多种渠道打听他的收入，他如实相告，但那位亲戚却不相信，言下之意是怀疑他隐瞒了收入。那位亲戚的理由是：下属企业的厂长年薪是多少多少，上级单位的管理人员肯定比下属企业厂长的收入要高，让这位朋友无语。其实，有些企业的情况是，企业法人实行年薪，并且与企业效益挂钩，集团管理人员相对来说经济责任要轻一些，有的是不实行年薪的，所以上级部门的管理人员的收入不一定高于下属企业法人的。

不该打听的不要打听，亲密也要有间，这是现代社会文明交往的规则。拥挤的道路之所以事故很少，是因为司机学过红灯停、绿灯行、靠右行驶等交通规则。如果没有交通规划，我行我素的话，那么路上天天会出事故，还有谁敢开车呢？人际交往规则的作用类似于交通规则，只有大家都遵守人际交往规则，人们才能和谐相处。因此，社会人要懂得人际交往规则，不该打听的不要打听，与其把时间花在打听别人隐私上，还不如踏踏实实学点知识长点本领干好自己的工作，过好自己的日子，这样自然会少些尴尬，多些开心。

热水与微笑

一天早上，当建华用电子锁开车门时，虽然能听到锁卡弹起的声音，但门却打不开。起初我还以为门锁出了问题，后依次拉其他三个车门也打不开。突然想起头天傍晚洗了车，可能是水未擦干，加之晚上温度低把车门冻住了。

怎么办？硬拉不仅可能无济于事，还有可能把车门拉坏，这时要解决的问题是怎样把冰融化。我想到用热水可以融化冰，于是，回家烧了一壶热水，用热水沿着车门缝淋灌，大概淋了半壶热水，车门就开了。我非常高兴，由此也生发出一些感悟。

水在零下摄氏度的环境里就会结冰成为固体，柔软的水变成坚硬的冰。坚硬的冰遇到高温就会化冻，变成液体，被冻住的物体就会分离。这是大自然的规律。这一自然现象可为人类利用，造福人类，如滑冰项目，狗拉雪橇等。

车门遇水会结冰，使车门打不开。自然界是这样，社会界也会有类似的问题。人如果碰到挫折、坎坷、不高兴、有情绪的时候，也有可能封闭自己的情感，不愿意与别人沟通、交流甚至做出逆反举动，造成不和谐局面。而

作为领导者，如果不注意观察下属的情绪，不注意工作方法，有可能产生不愉快的结果，甚至容易激化矛盾，造成不良后果。

有句成语叫做"真诚所至，金石为开"。意思是只要用足了真诚、热情，连石头都能被感化，何况人呢？真诚、热情的外在呈现就是微笑。微笑是一种力量，一种智慧，一种自信，一种友好。微笑犹如冬天里的一缕阳光，天旱时的一场甘霖，能够化解矛盾、打开心扉、顺畅沟通。微笑不仅能够化解朋友、同事之间的矛盾，而且能够使歹徒放下手中的刀。

有这样一个案例。

玛丽小姐打开门时，发现一个持刀的男人正恶狠狠地盯着自己。玛丽小姐灵机一动，微笑地说："朋友，你真会开玩笑！是推销菜刀吧？我喜欢，我要一把……"边说边让男人进屋，接着说，"你很像我过去的一位好心的邻居，看到你真的很高兴，你要咖啡还是茶……"

本来满脸杀气的歹徒慢慢变得腼腆起来。

他有点结巴地说："谢谢，哦，谢谢！"

最后，玛丽真的买下了那把明晃晃的菜刀，陌生男人看着钱迟疑了一下走了，在转身离去的时候说："小姐，你的微笑和热情将改变我的一生！"

聪明的玛丽小姐明知道这男子是个歹徒，面对歹徒，所有硬碰硬的措施都有可能带来灾难。她却机敏地用微笑、真诚感动歹徒，瞬间激活歹徒被屏蔽的良心，放弃邪恶念头，走上人生正路。

玛丽小姐的微笑犹如我那用来开锁的热水，打开了一个歹徒的心锁。热水与微笑有着异曲同工之妙。

谁笑到最后谁才笑得最好

一天下班较晚，18：30才离开办公室。因为希望能早点回家，在北四环路上多次并线超车，将不少车甩到了后面，感觉挺爽。

由北四环上了京承高速，来到了取票口，早早地瞄准了车辆较少的那条车道。原以为能够尽快通过，但不遂人愿，排在前面的一辆车迟迟不见开动，远远望去，好像司机在与交费站司票员在争论什么。眼见得旁边车道的车辆"后来者居上"，急得我们这条道上的司机们齐按喇叭，以示抗议。这种情形可能许多开车的朋友都会碰到。

由此我产生了一些感想。

这个世界上有许多事情是事与愿违的，因此，我们要有充分的心理准备，当不能实现自己愿望的时候，要调整好自己的心态。

小巧难以取得大胜。以我开车上下班为例，从我们家到公司有三十多公里的路程，即使想方设法并线超车，一趟下来快慢不过是几分钟，如果因此发生一次刮碰，那就得不偿失。

人生就是一次长途旅行：有时候道路顺一些，走得快一些；有时候会碰到坎坷泥泞，可能要慢一些，关键是要朝着既定的目标走下去。而现实生活

第一篇 阐幽明微

中的不少人，当走在平坦大道的时候就骄傲自满；当碰到坎坷泥泞的时候就垂头丧气。这样心态的人，自然就永远无法实现人生目标。

人生就是一个大考场，其实我们一生都在考试，没有盖棺之前没有定论，有的人甚至盖棺之后还会改变定论。比如生前穷困潦倒的梵高创作了八百多幅名画，而生前仅卖出一幅，死后作品价值连城，特别是他的《向日葵》成为世界珍品。

一次高考不能定终身。有专家对台湾四所知名大学二十年的文理状元作过跟踪调查，三分之二在学校当老师，其他的也都业绩平平。

一次就业不能决定成败。通过人才流动可以找到适合自己的岗位，成就自己的事业。

即使是遭遇下岗也并非前途无望，许多下岗职工，自谋职业，创造了人生的辉煌。

人生既然要一生考试，因此偶尔的失误、失利就不要太忧虑。如果有志气的话，在后面的考试中还可以补回来。因此应当有像伟人毛泽东的诗句"风物长宜放眼量"那样的做派。

谁笑到最后谁才笑得最好。

也谈"和谐"

党的十六届六中全会闭幕了，这次会议讨论的主题是社会和谐。社会和谐不仅是政府官员们的事情,而且与我们老百姓的生活密切相关，值得关注。下面以我的一孔之见，也来谈谈"和谐"。

现代汉语辞典对"和谐"的解释是"配合得适当和匀称"。"和"是中国文化的核心内容之一。关于"和"，《增广贤文》里论述较多，例如："父子和而家不败，兄弟和而家不分，乡党和而争讼息，夫妇和而家道兴。""一年之计在于春，一日之计在于寅，一家之计在于和，一生之计在于勤。""和气致祥，乖气致戾。""家庭和睦，疏食尽有馀欢；骨肉乖违，珍馐亦减至味。"关于"和"字的古语也有许多，大家比较熟悉的有"家和万事兴""和气生财"等。

如果用一个通俗的比喻来解释和谐，我认为就是把"木桶原理"中木桶的那块"短板"加长。大家都知道当今流行的"木桶原理"，即木桶能装多少水，取决于那块最短的木板。

这一原理同样适用于社会、家庭和个人。社会、家庭和个人都应该好好找找那块"短板"，把它加长，使之"配合得适当和匀称"。这样我们社会、

第一篇 阐幽明微

家庭、个人的和谐的程度就会大大提高。

先来说说我们的社会。我国经过近三十年的改革开放，经济得到了快速发展，在世界上的地位不断提高。从福布斯和胡润的排列榜都可以看到，中国的富豪不仅数量多，而且分量重。但我们也不能忽视存在"资源消耗过高，环境污染严重、两极分化加速、贪污腐化惊人、矿难事故频发、假冒伪劣盛行、社会治安不稳"等不和谐之声，即"短板"现象严重。如果这些问题不能得到很好解决，无疑将会影响我们国家的健康发展。因此，今后要在把"短板"加长上下工夫。

再来说说我们的家庭。许多职场人士，在努力追求金钱、地位的同时，很少有时间和精力关注家庭，关心配偶，甚至子女的教育，时日一久，必然产生沟通不畅，感情不和的"短板"，难免"劳燕双飞"，单亲家庭不断增多。据有关资料介绍，我国大城市的离婚比率不断上升。还有些年轻人淡漠了孝道和责任，不仅很少看望父母长辈，而且电话也懒得打。我们的家庭问题越来越严重，到了该弘扬中国传统文化、注重家庭亲情的时候了。因为家庭是社会的细胞，家庭和谐是社会和谐的基础。

最后来说咱们个人的问题。如何理解什么是成功人生非常重要。长期以来，我们的年轻人深受西方文化的影响，追求个人价值、张扬个性、提倡竞争的思维已形成定势，而和谐的理念被淡化了。一些专家认为，所谓成功的内涵至少包括六个方面：金钱、地位、幸福、快乐、身体健康、家庭和睦。而现在不少人，以追求财富作为人生成功的目标。其实这种理解是片面的，这种追求进入了误区。我们经常能够听到或看到，一些亿万富翁，病痛缠身、家庭不和、精神紧张、难以入眠，他们能够幸福、快乐吗？能够算成功吗？回答也是否定的。因此，我们大家都要找找自己的那块"短板"，及时地、努力地把那块"短板"加长，唯其如此，才能赢得和谐、成功的人生。

建设和谐社会与我们密切相关，和谐需要我们大家努力，我们大家都离不开和谐。

也谈大局

一天，建华在集团公司监事部周一例会上除了安排部门工作外，与部门同事分享了有关"大局"的理念和感悟并以《三国》中的故事为案例进行了诠释。

刘备三顾茅庐，与诸葛亮有了一番名传千古的"隆中对"。当年诸葛亮身居乡村，却胸怀天下，为刘皇叔规划了"先取荆州，后占蜀地，联吴抗魏三国鼎立然后复兴汉室"的发展战略。

诸葛亮出山辅佐刘备后，贯彻执行隆中战略，使刘备军队由小到大、由弱到强，将发展战略一步步变成了现实，成为三分天下有其一。

蜀汉由盛而衰的转折点是由于关羽目空一切、刚愎自用，大意失荆州，导致孤立无援身首异处。丢失荆州，关羽被害，使桃园结义，不求同年同月生但求同年同月死的刘备和张飞哥俩失去理智。张飞为关兄报仇心切，鞭打下属，矛盾激化，导致被下属杀害，并将其头颅献给东吴孙权，更加刺激了刘备的伐吴决心。刘备不听诸葛亮、赵云等心腹大臣劝阻，亲率七十万大军伐吴报仇，开始了一场胜也是败、败也是败的战争。结果被陆逊火烧连营七百里，蜀军几乎全军覆没，刘备也在白帝城丧命，从此，蜀国失去了统一天

下的机会。诸葛亮接受托孤之后，鞠躬尽瘁、励精图治，其所策划的六出祁山，其实是"以攻为守明知不可为而为之"之举。

此案例说明，无论是个人也好，单位也好，国家也罢，一定要有大局意识，失去了大局，"覆巢之下岂有完卵"？

任建新总经理非常重视监事部工作，多次强调监事部要加强"四个建设"（体系建设、团队建设、业务建设、文化建设）。这"四个建设"就是我们的大局，体系建设就是要健全"四位一体"监督体系，配齐各级企业的总法律顾问、总审计师，完善各级监事部门人员结构。团队建设就是要提高监事人员素质，加强团结协作，发挥整体优势。业务建设就是要提高政治业务素质，监事人员要成为各方面的行家里手。文化建设就是要培育忠诚奉献、勤奋敬业、刚正不阿、坚持原则的监事文化。

希望大家胸怀大局、脚踏实地在各自岗位上做出新的贡献。

"趋势"有感

"趋势"是指事物发展的动向。

在日常生活中我们可能有以下的体会和感受。

清晨睡意蒙眬的时候，当催醒的铃声响起，都无力去停止。

当宝马车停在红灯线前时，绿灯亮起，而未停下的QQ车会比宝马车快速驶过交叉路口。

这些现象，是一种"趋势"在起作用。

"趋势"对我们每个人都会产生很大的影响。

有学者说：我们今天的生活是三五年前的原因铸就的，想要三五年以后是一种什么样的生活，今天就应该规划并付诸实践。

大家可能读过《曹刿论战》，曹刿提出了"一鼓作气，再而衰，三而竭"的理论，并且利用这一理论帮助国王赢得了一场战争。其实质就是把握趋势、避敌锋芒、扬长避短。

我国自清末进入了一种衰败的趋势，一衰就是上百年。中国由天朝大国沦为任列强宰割的"东亚病夫"。

"物极必反，否极泰来"。新中国成立后，国运昌盛。特别是实行改革开

放政策以来，中国经济快速发展，在当今世界一枝独秀；一批孔子学院在海外建成开学，今天的中国正在飞速发展。

一个国家是这样，一个企业、一个家庭，甚至我们每一个人都是如此。需要营造一种好的"趋势"，好的"趋势"就有好的结果，不良的"趋势"会有不良的结果。

记得二十年前，我到过一个红极一时的部属大企业的领导家里，看到他们家漂亮的大书柜里没有放书，而是摆满了高档的皮鞋，我当时就感觉到这个家庭离衰败不远。这一判断不久就得到了验证。老领导退休后，三个子女在企业改革、减员过程中提前内退了，四十岁左右就结束了职业生涯，整天与麻将、扑克为伴。细细想来，这种结果的因其实早已种下。

大凡能够做出点成就的人，都会有人生规划和良好习惯。其实这就是在营造一种成功之势。

许多朋友，将自己的所思所想所感所悟每天或经常发表在博客上，这是一种很好的习惯。假以时日，长期坚持，会营造一种对工作和创作有益之势。

请相信：焦点在哪里，结果就会在哪里。努力营造一种健康、积极、向上、文明、和谐的"趋势"，将会有助于我们成就事业、获得幸福人生。

秦池衰败岂能怪媒体

在中国企业的天空中，曾经升起过秦池、爱多、巨人、飞龙、三株、南德、亚细亚、太阳神、瀛海威等耀眼的新星。它们都书写了一段神话，创造过不少奇迹，但它们都很快陨落了、终结了。失败者也是值得肯定的，它们的教训应该成为后来者的养料。按照它们陨落的轨迹，可以找到许多共同的失败基因。

根据以研究失败企业而著称的吴晓波先生的分析，这些企业至少有三个方面的失败基因：一是普遍缺乏道德感和人文关怀意识；二是普遍缺乏对规律和秩序的尊重；三是缺乏系统的职业精神。我认可吴晓波先生的观点，但想作一点补充，就是这些企业普遍缺乏对管理本末的认知，尤以争夺央视标王的秦池、爱多等企业为甚。

我非常敬佩姬长孔的激情和大胆，回放一下秦池的大事记便可得到佐证。

1990年3月，山东省潍坊市临朐县秦池酒厂注册成立，在成立之初三年左右时间里，它只是山东无数个不景气的小酒厂之一，每年白酒产量一万吨左右，产品主要在本市销售。

　　1993年姬长孔从县食品公司调到秦池任厂长，当时厂里年销售收入两千多万元。1994年，姬长孔亲自开拓东北市场大获成功，年销售收入突破1亿元。

　　1995年11月8日，秦池以6666万元获得中央电视台新闻联播后5秒黄金标版，成为第二届标王。

　　1996年，秦池的销售额从前一年的2.3亿元猛增到9.5亿元。同年11月8日，在中央电视台的第三届广告段位招标会上，秦池以3.2亿元的天价再次夺得标王，这一数字相当于1996年秦池全年利润的64倍，比竞标的第二位整整高出1亿元。

　　1997年1月，《经济参考报》的一则关于"秦池白酒是用川酒勾兑"的系列新闻报道被国内无数家报刊转载。当年，秦池的销售额下滑至6.5亿元。

　　1998年秦池的销售额仅为3亿元。

　　2000年7月，一家金属酒瓶帽供应商指控秦酒厂拖欠300万货款，地区中级法院判决秦池败诉，并裁定拍卖"秦池"注册商标。

　　这就是秦池在姬长孔导演下的大致轨迹。许多业内人士评论秦池是成也媒体，败也媒体，是媒体使秦池走上了不归路。我认为这种认识还过于浮浅，其实更深层的原因在于姬长孔的管理理念，没有明白管理的本末，出现了本末倒置。即使没有媒体揭露、渲染，秦池不在1997年出事，也难免会在1997年以后出事，可能损失会更大。

　　"好酒不怕巷子深"的管理理念显然不符合市场经济的时宜，然而过分依赖媒体广告，甚至大大超出企业的支付能力投入广告，企业发展的链条岂有不断之理？加强企业管理、提高产品质量、扩大生产能力是管理之本，媒体广告是管理之末。姬长孔犯了本末倒置的大忌，把企业发展的希望完全寄托于媒体广告之上，这就注定了秦池的悲惨命运。

　　因不明白本末而衰败的企业何止秦池？后来者爱多也因不识本末走上了不归路。因此，秦池、爱多等企业失败的教训值得管理者借鉴。管理需要明白本末。正像《大学》所说的"物有本末，事有终始，知所先后，则近道矣"。

在我们现实生活中本末倒置的事例还有许多，不少人因为本末倒置而深受其害。如果我们能够从中国优秀传统文化中吸收一些智慧和养分，也许我们的管理会更加理性，生活会更快乐，人生会更幸福。

"一菜导致亡国"

细节决定成败的观念正在国人中形成。

细节决定成败不仅可以在我们的现实生活中找到许多案例，而且在我国历史上也有许多关于教育人们注重细节的典故。

在读《战国策·中山》时，其中一则"一菜导致亡国"的典故引起了我的兴趣。这决不是危言耸听，而是历史的记载。

战国时期，有一个规模不大的中山国。一日中山国国君宴请文武大臣，有一位叫司马子期的大臣也在被邀之列。羊羹是一道美味的菜肴，可惜因为后勤总管没有注重细节，准备的数量不足，司马子期没有尝到美味的羊羹。国君也有所大意，没有向司马子期作出解释。

司马子期因此感到羞愤难忍，一气之下"跳槽"跑到了楚国，当着楚昭王的面说了中山国君许多坏话，并且劝说楚昭王攻打中山国。

弱小的中山国哪里是强楚的对手，不久，中山国灭亡了。中山国的国君只得狼狈出逃，此时他面临的是"树倒猢狲散"的险境，环顾身边，只有两人还持戈跟随在后面。国君问他们："事到如今，别人都各自逃生去了，你们为什么不怕危险还跟随我呢?"

两人答道："我们的父亲在快要饿死的时候，是您施予了一碗饭，救了他的命。后来，父亲临终时对我们兄弟说：'做人要懂得知恩图报，中山国将来如有祸事，你们一定要为之赴汤蹈火！'所以我们今日不惜以死来报答您。"

中山国的国君听到这儿，仰天长叹一声，深有感慨地说："看来，给予别人，不在乎多少，却在于其适逢危难。结怨别人，也不在于事情大小，而在于是否会伤害别人的自尊。一菜可使一个国家灭亡，一饭会使人赴汤蹈火。可见为官者，千万不可忽视细节啊！"

读罢这则典故，我们应当都会获得有益的启迪。

第一篇　阐幽明微

能吃饭就是福

当许多人在埋怨饭菜咸了淡了酸了辣了的时候，可知道还有不少人发出了"能吃饭就是福"的感叹？

2006年10月7日上午，我和夫人一道到中日友好医院看望了我的一位朋友。我的这位朋友是国家机关的一位处级公务员。他出生在安徽农村，经过自身不断努力，由农民当上了工人，由工人走上了领导岗位，由京外企业调入了国家部委，全家解决了北京户口。这位朋友在工作之余，坚持理论研究和写作，经常在全国性报刊发表理论文章，他的工作深得领导赞赏，事业上也不断进步。

他发现自己生病是在2003年的一次出差途中，在飞机上吃饭时，感到难以下咽。回京后到医院作了检查，发现患有食道癌并到了中期，不久就在一家有名的大医院做了手术，据说，手术做得比较成功。不久，这位朋友就出院投入了工作。

他在2006年4月又感觉身体不适，难以坚持工作，检查发现癌细胞已转移到了颈部的淋巴，从此住进了中日友好医院。医院采取了最好的治疗措施，但无法阻挡癌细胞的不断扩散，淋巴癌将食道逐渐挤压。起先还能进流食，慢慢只能进液体，从8月开始，食道完全堵住，连水都不能进入。医院只得改用胃饲，直接向胃中注入营养液，以输液和胃饲维持生命。

当我们来到病房的时候，这位朋友非常激动，用不太连贯的语言向我们表达："建华，人家这个长假不是去旅游就是去攻关拉关系，你却到肿瘤病房来看我这个行将就木的人，实在难得。非常感谢你们！"

我说："这是应该的，谁让我们是好朋友。我从祝贺您节日的通话中能感觉到您的病情比较严重，如果不来看您，我的心会不得安宁的。《贤文》中说：'久旱一滴胜甘霖，醉后添杯不如无。'我这人是不喜欢做那种'醉后添杯'的事的人。我来看看您，希望此行能化作一滴甘霖，对您有点帮助和安慰，并希望奇迹能在您身上出现，能够早日康复。"

原本身强体壮，人高马大的他，现在却只能躺在病床上，已瘦得变形脱像，说话困难，经常要咳出堵在气管中的痰液，不时要用开水润嗓子，然后吐出。

朋友说："病魔太无情了，我这个年龄正是为国效力之时，我上有九十多岁的老母亲，下有儿子还没有结婚，我如果就这样走了，就是不忠不孝啊！"

我们进行了一番力所能及的安慰，要他一定要坚定战胜病魔的信心。并向他介绍了李燕杰老师有关癌症患者的著名论断，即癌症患者有三分之一是自己吓死的；有三分之一是庸医治死的；还有三分之一是自己战胜病魔还在快乐地生活的。因为李燕杰老师就是一位癌症患者，他已76岁高龄，还在全国各地到处演讲，快乐地生活着。

朋友听后不断地点头称是。

令我们十分感动的是朋友的大嫂，这位来自安徽农村的大嫂，从5月份开始就与朋友的妻子承担了日夜轮流护理小叔子的任务。每当节日，就动员其子女到医院看望、安慰叔叔，只要需要花钱的地方，就动员其子女慷慨付出，用于所需，在医院护理了几个月，嫂子从未有半句怨言，而且天天为小叔子落泪、祷告，叔嫂感情甚笃，感天动地。

当我们在病房的时候，她强装笑脸，开导小叔子。当我们告辞病房走到走廊上的时候，大嫂送我们出来，已泪流满面，眼睛红肿，哽咽着向我们说了许多有关小叔子的事情。说到小叔子是一个十分要强敬业的人；说到小叔子是一个有孝心有责任感的人；说到小叔子是一个不愿麻烦别人宽容别人的人。老天太不长眼了，这个病如果能由别人代替，她愿意为小叔子代替，不应该让小叔子得这个病。

听到这里，我的心为之一震。

以前只听说过父母愿为子女代替病痛，甚至赴死的故事，今天我却听到了嫂子愿替小叔子代病赴死的真情。这位嫂子的形象在我的眼前不断高大，不断高大……直至泪水模糊了我的双眼。

同时，不禁使我想到，嫂子之所以愿意替小叔子代病赴死，是因为小叔子平时对哥嫂、侄辈有恩情。正像中国古语所说"爱出者爱返，恩往者恩来"。人间世事，尽皆如此。

听了嫂子的这番感人肺腑的话语，谁能不为之动容，谁能不为之落泪呢？我夫人听完嫂子的话之后已泣不成声。她对我的朋友表示了深深的同情，对这位嫂子报以了由衷的敬佩。回到家里就给她的易经大师姐姐打了电话，告诉了我朋友的生辰八字，要姐姐尽力祈祷救助我的朋友。

看完病中的朋友，这几天来，我心情都非常沉重。也使我想了很多很多，感悟了很多很多。

千言万语，归根结蒂到一点，就是人生在世，生命脆弱。要关注健康、珍爱生命。金钱、地位都是身外之物、过眼烟云，不要太当一回事。

健康、幸福、快乐地过一生是最重要的。

能吃饭就是福！

第一个上天的为什么是杨利伟

一天下午，我们班听了中央党校党建部刘玉瑛教授讲"领导者的语言艺术"。刘教授的课理论深厚、案例生动、表达绘声绘色，受到了学员的好评。

语言艺术对每个人特别是领导者非常重要。语言艺术是个人素质的重要组成部分。我们老家有一句老话："笔尖子好卖，嘴尖子难求。"与作一般会有时间精雕细刻、提炼加工，而讲话特别是即席讲话确实有一定难度。有专家将即席讲话与孕妇临产作过比较，结论是即席演讲的痛苦系数大于孕妇生小孩。可见，演讲是一件多么不容易的事情。许多当了几十年领导的人仍然害怕即席讲话。因此，提高即席讲话的技能对于每个人来说都很重要。

当时与杨利伟竞争"神五"飞船上天的有14人，若论身体素质和航天技术，他们都相差无几，谁都可以完成任务，但为什么选上的是杨利伟而不是别人？这里面有一个秘密。

据航天员培训中心的领导事后介绍，杨利伟的语言艺术占了优势，因为他们要选拔的宇航员，不仅考虑要完成航天任务，而且要考虑完成任务后面对国内外的媒体和公众。作为中国的航天第一人必将成为全国乃至全世界关注的焦点，面对公众即席讲话的机会很多，他的语言表达在一定程度上代表

着国家的形象。事后的实践证明，杨利伟不仅圆满地完成了航天任务，而且是一位出色的演讲家。

有一位哲人说过，世界上最好的是舌头，最坏的也是舌头。说它好，它可以使人在面临危境的时候化险为夷；说它坏，它有时容易招灾惹祸，人们常说祸从口出即是也。人们最容易接受的话是"一句说得人笑，一句话说得人跳"。

刘玉瑛教授在讲课时举了几个"一句话说得人跳"的例子。

某单位新分配来了一位博士。这位博士年龄老大不小了，还没有谈对象，一位热心的大姐见小伙子为人实诚，就帮着给博士介绍女朋友。一天安排了他与姑娘见面。第二天，大姐见到小伙子问，昨天见面后感觉如何？

他说："不怎么样，没想到姑娘的皮肤比你的皮肤还要粗糙！"

大姐无语。

一次刘玉瑛教授跟一个旅游团外出旅游，早上洗漱完毕之后在院子里转悠，团里的一位旅客见到刘教授，邀请一块聊聊，于是刘教授就与那位旅客坐到了一张桌子上聊了起来。那位旅客问刘教授："你今年多大年纪了？"

刘教授出于礼貌如实相告。

那位旅客说："看不出你有这么大岁数了，看来也蹦跶不了几天了。"

刘教授尴尬无语。

刘教授一次在中央党校给县委书记班上课。下课后在收拾电脑，其他学员都离开了教室，后排有一人没有离去。刘教授问那位学员，你还有事吗？

县委书记向她招手说："你过来，我还有事。"

刘教授说："你有什么事，请你到前台来。"

县委书记走过来说："刘老师，你的课讲得不错，但是速度有点快，有些内容我没有记下来。这样吧，你把你的讲话复印一下，下午给我送过来，我住在×号楼第×室。"

刘教授愣住了，回过神来说："对不起，我也很忙没有时间给您复印，也没有时间给您送，您如果对我讲课的内容感兴趣，可以到党校书店买我的书，内容都在里面。"

自然对话无法继续进行。

后来刘教授在想，为什么会这样呢，县委书记在中央党校算不了大官，这位县委书记的派头怎么比省委书记和部长还要大呢？

原来这位县委书记把刘教授当成了他们县委党校的老师。因为角色没有转换过来，以至造成如此尴尬。

吴晓莉为何借人民币

吴晓莉是凤凰卫视的知名主播，是全球新闻圈内的大腕，她为何借人民币呢？读者朋友一定想知道究竟。

这件事情发生在1998年亚洲金融危机之后召开的一次亚太经合组织（APEC）会议期间，此时国际社会都十分关注中国人民币是否贬值的问题。时任中国国家主席江泽民同志出席了这次会议。

凤凰卫视领导高度重视对这次会议的采访，于是派出了以吴晓莉为首的知名记者前往采访。吴晓莉深知责任重大，因为要在这次采访中得到人民币是否贬值的高层表态确实是一件难事。

吴晓莉和同事们设计了多套方案，目的就是如何让江泽民主席对人民币贬不贬值的问题表态。一套临时方案在吴晓莉脑海中逐渐成熟，但实施这套方案需要一张人民币，而当时吴晓莉身上只有港元，没有人民币，她只得向内地的同行借币。

内地的朋友开玩笑说："大名人还缺钱花吗？"

晓莉说："我现在只需要一张十元的人民币。"

于是内地同行借给了她一张十元的人民币，但不知道晓莉要用这张人民币玩什么花招。

这是一次多国首脑参加的会议，保安措施十分严密，记者不准入内，只能在会场外等候。

江泽民主席成为这次会议的重要人物，除了参加大会外，还另外安排了与几国领导人的会见，因此中午休息时间往后推迟了不少，一大群记者都在会场外耐心等待，12点以后终于等到江泽民主席等领导走出会场。

吴晓莉仗着人缘好个子高在人群中抢占了有利的位置，她右手举起了一张十元人民币，等江泽民主席经过她身边时，开始了形式独特的采访："请问江主席，我手上的这张十元人民币，明年还值十元钱吗？"

吴晓莉此刻提问的意思再明白不过，就是要江主席对人民币是否贬值的问题表态，只不过采取了一种巧妙的提问方式。

江泽民主席停住了脚步，冲着吴晓莉说："感谢晓莉的提问。我要告诉您，人民币不会贬值，您手上的十元人民币，明年还值十元钱。"

吴晓莉要的就是这句话！她终于胜利地完成了这次难度很大的有意义的采访。

关于洋木模特的感想

我向来不太喜欢逛商场，来北京十年有余，陪夫人逛商场的次数屈指可数，为此常常遭到夫人的批评。为了让我陪她逛商场，夫人提前作了一番铺垫，跟我说：某某一个月陪夫人逛一次商场，某某一个星期陪夫人逛一次商场。你春节期间必须陪我逛一次商场，帮我选件衣服。说得我没有了拒绝的理由，只好大年初四上午陪她逛了一趟华联超市。我耐着性子逛了三、四两层的女装和男装超市，为夫人选购了称心的中式服装。高兴之余，我自己也选了一件唐装。

逛完两层服装超市，有一种现象引起了我的思考。也许大家都已注意到：在服装超市，无论展示的是什么款式的服装，其所使用的木模特都是洋人，还有不少黑洋人。这种现象使我心里很不是滋味。

木模特展示服装是一种促销手段，为的是展示服装的款式和穿着效果，作为开在中国的服装市场，其主要消费者自然是中国人。中国人尤其是汉族人大都是黄皮肤、黑头发、黑眼睛，与欧美人的白皮肤、黄头发、蓝眼睛及非洲人的黑皮肤、卷头发还是有较大差异的。从商业营销的角度来看，明智之举应该是选择以主要消费者作为木模特造型的模本。但这一商业之道在中国的服装市场却被异化了，普遍使用洋人做木模特不仅出现在华联超市，几乎所有的上点档次的服装市场都是选用洋人木模特。

我想，中国人连"嫦娥姑娘"都送到月球上去了，不至于存在制造木模特上的技术问题吧？另外，许多洋品牌的手机、汽车都在中国本土生产，洋木模特大概也是在中国生产的吧！

那么，这种洋木模特盛行的原因是什么呢？我想只能从心理因素来作出解释，那就是崇洋媚外的心理在作祟。

我国近百年来，西风盛行，许多国人以讲洋文为荣、以穿西装为美、以过洋节为乐、取名字以带洋味受宠、讲管理唯西方是尊，有的人甚至认为外国的月亮比中国圆。而将中华文化视作糟粕、腐朽，以至不少人特别是年轻人数典忘祖，因此，服装市场洋木模特盛行也就不足为奇了。

一个民族如果没有自己的文化，没有健康的心理，只会步他人之后尘，将是没有根基的，民族复兴也是没有基础的。令我们高兴的是，多数国人正在理性地面对世界、客观地认识自己，在排斥中国文化的糟粕的同时，努力汲取民族文化的精华，清明、端午、中秋等中国传统节日已被官方确定为法定节日，越来越多的孔子学院陆续在海外落户，许多发达国家的上层以学习中文为时髦。

反观中国的服装市场，洋木模特盛行则意味着一种落伍，应该引起中国服装市场商家们的反思，也给制造华人木模特的厂家创造了巨大的商机。一旦华人木模特占领中国服装市场的时候，就是去掉崇洋媚外心理、恢复民族自尊心和理性回归的标志。

我们期待着这一天早日到来！

太瘦的模特不得登台

据媒体报道：马德里国际模特展给太瘦的模特颁布了"T台禁令"。此令一出，将有超过30％的过瘦模特在2006年9月18日到22日展会期间不能登台。理由是模特应该传播一种健康美的形象。

一时间"瘦"成了中国乃至世界女性追求的时尚，使得很多本来就已经较瘦的女孩子都拼命减肥。空前巨大的减肥市场促进了减肥产业的发展，期间一些不良从业者的不良手段，使不少减肥者雪上加霜，过度减肥导致许多减肥者厌食症和呕吐症的发生。这种时尚异化是对女性身心的摧残，是社会的一种病态。

我国历史上对女性美的标准也发生过多次变化。大家知道，我国唐朝是以肥胖为美的，因此身材丰满的杨玉环成了皇帝的宠妃，有诗为证："长安北望绣成堆，山顶千门次第开。一骑红尘妃子笑，无人知是荔枝来。"意思是唐明皇为了满足杨玉环喜欢吃鲜荔枝的嗜好，博取美人的一笑，下令广州到长安的驿站快马加鞭运送荔枝，路上不知累死了多少人和马。而在有的朝代则是以瘦为美的，比如春秋战国时代的楚王就喜欢身材瘦削的女性，因此历代流传"楚王好细腰，宫中多饿死"。还有一些形象的比喻，比如"吴王好剑客，百姓多创瘢"城中好高髻，四方高一尺""城中好广眉，四方且半额""城中好广袖，四方全匹帛"。潮流与时尚的兴起，往往前有引领，后有推动，中间大多为身不由己，言不由衷，随大流而矣。

风尚是指社会上崇尚、追求的一种审美观点和评价标准，而这种审美观点和评价标准是由统治者的意志、法规和制度所引导的。因此统治者的意志、法规和制度对一个社会的发展起着重要的作用，引导得当就会促进社会的健康、和谐发展；如果引导不当则会影响社会的健康、和谐发展，甚至异化为病态，危害社会和人民。最典型的莫过于新中国成立之前女性的裹脚，将小女孩好好的脚骨折断，裹成"三寸金莲"，成为终身残疾，然而更可悲的是广大民众不以此为丑，反以为美。那个年代许多地方，把不裹脚女孩视为另类，甚至难以找到婆家。这种审美标准残害了我国无数女性。这一教训我们永远不应该忘记。

西班牙人是务实的，他们敢于向时尚挑战。对太瘦的模特颁布了禁令，许多模特因此不仅要影响就业和收入，而且会转变思想观念，引导模特及广大女性去追求一种健康之美。西班牙人认为模特界应该采用稍微丰满一些的模特，给爱美的女性一个健康的美丽标准。现在在安塔鲁西亚地区已经出台规定，橱窗展示的衣服号码至少为38码。当地政府希望这样可以让那些穿不上36码服装的女性不会认为自己的身材"不够时尚"而去减肥。

我国政府和有关部门应该由西班牙人提出的"太瘦模特不得登台"中得到启迪：

如果各级政府和企业不过度追求GDP增长，而是大力追求绿色GDP和可持续发展的话，那么，我们的资源就有可能不会遭到过度开发、环境就有可能免遭严重破坏、矿难就有可能减少发生。最近我们欣喜地听到绿色GDP问世的消息，今后绿色GDP将会与政府官员和企业的经营管理者结下不解之缘，可能会有不识时务的官员和经营者因为绿色GDP的考核指标摘去"乌纱帽"，但更多的官员和经营者会在科学发展观和绿色GDP考核指标的引导下

为我国的节约型社会和和谐社会建设建功立业。

如果我们的教育界不过度崇洋媚外，妄自菲薄，实行英语考级成绩与大学生、研究生毕业挂钩的制度，而是实事求是、各取所需、弘扬中国传统文化，就不至于浪费大量的宝贵的教育资源，引导和强制数以亿计的青年学生耽误自己喜爱的专业去忙活对自己生涯没有多大用途的英语，让无数的青年受英语之累。最近也高兴地看到南开大学等一些学校已经向时尚说不，取消了英语考级与大学生、研究生毕业挂钩的做法，此举将有利于我国许多有创造性的青年英才从英语的束缚中解放出来。

如果我们不过度炒作那些一夜暴富、挥金如土的富翁，而是积极倡导"多奉献，少索取""君子爱财，取之有道""不贪为宝，两不相伤""日勤三省，夜惕四知"的廉洁文化，以廉为荣，以贪为耻，形成社会、企业、家庭共筑防腐长城的廉洁氛围，那么，我们的社会风气将会更加清新，贪官污吏将会大大减少，社会、企业、家庭将会更加和谐。

如果我们的媒体不过度炒作歌星影星，而是把镜头和笔墨多留给许振超、包起帆、洪战辉、林秀珍等普通而又不平凡的劳动者，在他们的引导下，我们的社会将会涌现出许多弘扬中国优秀传统文化，践行"仁、义、礼、智、信；忠、孝、俭、忍、善"等传统美德的公民。

如果我们不过度追求外在包装，爱好虚荣，而是限制豪华月饼、豪华白酒上市，那么我国的森林资源就会减少破坏。据有关部门统计，市场上出售的月饼，其包装费用一般占其成本的三分之一以上，而且这些豪华包装多为木制品，这种木制品包装连收废品的拾荒者都不愿回收。每年的中秋过后处理月饼盒就成为居民和物业公司的难题。好在今年的月饼市场在管理部门的引导下，已从过度注重外在包装向注重内在质量转变，这是一种可喜的进步。

总之，我们可以从西班牙人"太瘦模特不得登台"理念和制度中引出许多思考。

第二篇 人性之光

　　"人性之光"旨在使读者传承美德、净化灵魂、轻装前行。人之所以活得累，压力大，主要是欲太多。老子说"宠辱若惊"，人们对待名利，得之担心失去会担惊受怕，得不到想得到会睡不着。只有淡泊名利、顺其自然，才能做到宠辱不惊、威武不屈、富贵不淫、贫贱不移、活出本真。这部分的三十多篇文章既有前贤的嘉言懿行、修身立德，又有普通人的凤凰涅槃、淬炼心智、提升灵魂。

陈毅元帅是聂卫平的恩师

经李立三向陈毅元帅推荐之后，聂卫平与陈毅元帅成了棋友，陈毅曾作为国家领导人主管国家体委工作，并担任围棋协会名誉主席。陈毅作为军事家，早年就对围棋情有独钟。坊间曾有许多有关陈老总与围棋的逸事。

我曾经听过这样一个故事：那是陈毅领导新四军坚守华东根据地的时候，有一次与日寇的一场大战之前，陈毅找来一位围棋名家对弈。这位七十多岁的长者是当地的名人，结果陈毅连赢三盘，信心大增，他指挥的这场战争大获全胜。得胜凯旋之后陈毅将军又请来这位长者对弈，没想到他却连输三盘，并且输得很惨。陈毅不解其意，对手仍然是几天前的对手，差别咋就这么大呢？酒过三巡之后，长者当面解开了谜底。

长者手捋长须娓娓道来："陈将军大战前夕需要的是自信，因此我要树立您的信心，有利于您赢得这场打日本鬼子的战争。而将军这次以少胜多，得胜归来，从您的脸上不难看出志得意满之态，我怕您今后骄傲轻敌，因此特意挫挫您的骄气。"

听完这番宏论，陈毅将军茅塞顿开，心悦诚服，知道山外有山，天外有天，从此心甘情愿地拜长者为师，为人处事谦虚谨慎。

以上是关于陈毅元帅与围棋的一段插曲，算是作个铺垫吧。

言归正传，再说聂卫平的围棋春秋。据聂卫平介绍，当时他弟弟的围棋水平比他高得多，每次比赛弟弟稳拿冠军，而他经常在第二和第三名之间徘徊。陈毅元帅经常请他们兄弟俩去下围棋，但陈毅元帅却看好聂卫平。聂卫平曾问陈毅元帅，他们兄弟俩谁会更有前途。陈毅肯定地说，他弟弟成不了大材，后来的事实证明了陈老总的判断，可见伟人的眼光是深邃超前的。

初期聂卫平的棋艺不如陈老总，但他却坚守落子不悔的棋规，而陈老总在与聂卫平下棋时，有时落子悔棋，聂卫平则抓住陈老总的手不放，不让陈老总悔棋，甚至弄得陈老总很尴尬。但陈老总也很大度，哈哈一笑，不悔就不悔，照样能赢聂卫平。

陈老总为了中国围棋的振兴可谓是殚精竭虑、谋划长远。当他发现了聂卫平是可造的围棋英才之后，便全力以赴、精心培植，专门为聂卫平请来一位老师课余时间辅导聂卫平，并且每月为老师支付三十元报酬。

聂卫平不负陈老总的厚望，棋艺不断长进，没过多长时间，他的弟弟就不是他的对手了。许多所谓围棋高手都成为了他的手下败将。

聂卫平能够成为棋圣，为国争光，倾注了许多人的心血，特别是恩师陈毅元帅是让聂卫平永远铭记的。陈老总不仅教他下棋，而且教他做人，还使聂卫平与许多党和国家领导相识结缘。

聂卫平是一个重义之人，对陈老总的恩情铭记在心。陈老总于1976年1月6日去世，每逢陈老总的忌日，聂卫平都要请陈老总的家人一聚，以此寄托对陈老总的哀思。聂卫平不仅棋艺超群，而且他的为人也是值得我们学习的。

第二篇 人性之光

仁慈善良的祖母

　　光阴荏苒，日月如梭。我们记忆库中的许多内容会被新的内容覆盖，然而有些高尚的内容，犹如泰山之巅，会永远耸立在记忆的山峰，与生命同在，与日月长存。

　　只要谈到为人处世时，我们经常会谈到祖母董正秀，因为祖母是我们心目中的道德高峰、为人楷模。

　　以前，我们仅从有限的耳濡目染对祖母的了解是肤浅的，近几年通过父亲撰写的《家世与简历》和祥源、珍宝叔叔的讲述，使我们进一步加深了对祖母的了解。祖母是中国传统美德的传承者践行者弘扬者。祖母的健康基因流淌在我们晚辈的血液之中，成为我们仁爱善良、乐观向上、战胜困难、成就事业的精神源泉，也是我们叶氏经风历雨枝繁叶茂大树扎根沃土的深根。

　　一滴水可以折射太阳的光芒。祖母的一些平凡小事折射出我们向往的美德与高尚。

睿智的决策成就后人

祖父家和是一位广受乡民尊敬的人，在日本侵略者侵占永修虬津之时，被乡民推举主持当地事务，为抗日救国和保境安民做出了突出贡献。不幸的是天有不测风云，祖父三十六岁时英年早逝。祖父的不幸逝世，家庭大厦坍塌了栋梁，祖母以柔软的肩膀挑起苦难与希望。

在那个民不聊生的年代，一个年轻女性带着两个幼子，那种生存的艰辛是可想而知的。当初也有好心人劝祖母改嫁择偶，另辟新境，但都被祖母谢绝。她表示无论遇到什么困难，一定要尽力将祥财、祥源两个儿子抚养成人，为家和一脉保留血脉，传宗接代。

后来祖母在生命中遇到了积极抗日的高安籍胡姓继祖父。在继祖父同意为叶裕银太公后嗣，改名为叶家信的前提下组建家庭、共担责任、风雨同舟。

祖母深明大义，目光远大。在当时教育资源极度缺乏、温饱不保的条件下，教育两个儿子要读书学习，增长本领，成为有用之才。为了交纳儿子的学费，不惜倾其所有。父亲即使在逃难途中，只要有机会就坚持上学读书。父亲断断续续读完了六年小学，在当时可算是小知识分子。在取得抗日战争和解放战争胜利后，新中国建设急需要人才之时，父亲因有文化而赢得了先机，得以选拔到乡政府当文书，从此走了革命道路，先后担任公社党委书记、县工商行政管理局局长和县外贸公司经理等职务。

20世纪80年代，我们刚成家时，上有老人，下有孩子，生活遇到较大困难，一度靠借米借油度日。祖母在尽力资助的同时，经常鼓励我们没有过不去的坎，日子会一天一天好起来的，为我们战胜困难增添信心和力量。

我们叶家一脉得以保存繁衍，父亲之所以从农村走向城市取得良好的发展机遇，是因为祖母的睿智决策，祖母在危急关头、困难时期奠定了我们家的发展根基。饮水思源，祖母之恩永世不忘。

第二篇　人性之光

博爱的情怀传递美德

祖母生于1911年，一双小脚，慈眉善目，轻声细语。她犹如一股春风，无论走到哪里，身边的人如沐春风感受温暖。左邻右舍，谁家有困难，祖母都会施以援手热心帮助。有了好吃的总是要与别人分享。在经济贫乏的年代，祖母在走亲戚时带回几根油条，她自己舍不得吃，与邻居张家奶奶、李家婆婆们一起分享。

祖母居住的周边都是农田，人民公社时期稻田都栽种两季水稻，每逢"双抢"，都是我们老家最炎热的时候。尽管那时烧柴非常困难，主要靠年迈的继祖父上山砍柴，但祖母每天都要烧几锅开水，泡上自家门前屋后采制的茶叶，用大桶装上放在大树底下。此外，祖母还不时到田里招呼周边生产队的社员到家里休息喝茶。虽是一碗再平常不过的粗茶凉水，但对于割禾插秧大汗淋淋的社员来说比蜜还甜。"双抢"季节为周边社员烧茶送水，祖母坚持了十多年。

爱出者爱返，善往者善来。祖母的良好口碑不胫而走，传遍了十里八乡。祖母虽是一位平凡的女性，但她去世送葬时，十里八乡的民众闻讯而至，送葬的队伍长达几里，哭泣之声惊天撼地。这就是民心所归，民意所在，真情所至。

如水的品德筑就高尚

在世间万物中，老子最崇尚的水，故有"上善若水"之说。我们每天都离不开的水具有"利物、处下、变通、坚定"等优秀品质。祖母如水，她的一生体现了如水的品性。

我们家离祖母住地有十多公里，每逢年节都要去看望祖母。祖母和继祖父平时生活极为节俭，而招待客人却极为慷慨，大有陶母"剪发待宾"之风范。祖母每次都要为叶晨准备小鞋小袜，还要包上两块钱。不容我们推辞，她会说："我曾孙子今后迈脚就会有钱的。"祖母对后人寄托着无限希望。起初我们没有在意，后来找出袜子给叶晨穿时，发现过年过节的每双袜子里还另外装了两块钱。祖母的经济并不宽裕，却总是想着给予别人。对我们是这样，对其他亲友也是如此，令我们对祖母的敬意油然而生。

叶晨1984年在永修县城爷爷家出生，长曾孙的出生令祖母非常高兴。那时她已73岁高龄，视力也不太好，却特意来到县城护理金凤和叶晨。月子里每天为叶晨洗尿布，唱着家乡"啊啊唉，唉唉啊，我崽是个赢牛婆"的催眠曲，哄着叶晨睡觉入眠。祖母的爱宛若春风雨露，滋润着后辈健康成长。

祖母是一个极为低调、容易满足、乐观向上、从不埋怨的人。赞美别人成为她的生活习惯。她与三个儿媳相处几十年，从未红过脸。其实，我们晚辈做得很不够，但在她的眼中个个都是孝子贤孙。

她老人家在临终前，备受胃疼煎熬，为了不打扰年轻人休息，总是强忍疼痛，不出声音。事后才发现，床沿边的木头被老人家的手抠出了一条深深的沟槽，可见老人是以何等的毅力在与病痛抗争，在为后人赢得宁静。

令建华非常内疚的是未能为祖母送终。那时正值化工部星火化工厂安排建华参加化工部石家庄管理干部学院两个月的脱产培训。临行前我们去与病重中的祖母告别，对是否出远门培训有些犹豫。祖母却说："崽，学习机会难得，祝你今后步步高升，我会慢慢好起来的，你放心去学习。"可谁知病魔无情，没有等到我培训结业，1987年5月13日，祖母依依不舍地告别了我们。后来听父亲说，祖母临终前还"建华！建华！"地呼喊着。这令我无比内疚和心痛。

祖母虽然离开了我们，但她永活在我们晚辈的心里，她的仁慈善良等美德将会被子孙后代不断传承光大。

第二篇 人性之光

陈忠和的泪水

2008年8月23日，中国女排经过一番苦战，以3：1战胜古巴女排，夺得一枚宝贵的铜牌。比赛结束后，记者采访了女排主教练陈忠和。这位颇具大将风度的男子汉居然泪水夺眶而出，说话泣不成声。此情此景使我的泪水也难以止住。我理解陈忠和此时的复杂心情，此时，我们应该更多地理解中国女排，鼓励中国女排，永远支持中国女排。我们看到，女排的教练，女排姑娘尽力了，虽然未能实现在家门口夺取金牌的目标，但这块铜牌仍然十分宝贵，仍然会激励全国人民，仍然会解读身处逆境，坚定自信，永不言败的真谛。中国女排，我们永远会为你们而骄傲和自豪。

2000多年前的庄子向人们讲述了"内重者外拙"的故事。其原文是："以瓦注者巧，以钩注者惮，以黄金注者殙。其巧一也，而有所矜，则重外也。凡外重者内拙。"说明赌注越小，技巧发挥得越好，赌注越重技巧就会变形，大失水准。"内重者外拙"的故事经常在我们的现实生活中上演，在奥运会等重大比赛上尤为突出。杜丽首场射击比赛有失水准，无缘奖牌是这样；美国射击运动员埃蒙斯两度败在最后一枪是这样；李珊珊从平衡木上掉下也是这样；中国女排与古巴女排和美国女排在小组赛中失利也无不是这样。

　　这场与古巴女排的铜牌争夺战，让我们高兴地看到，面临巨大的压力，中国女排姑娘们调整好了心态，放下了思想包袱，放手一搏，发挥了正常水平，打出了一个个好球。而古巴女排则乱了方寸，频频送分。因此，才有了3∶1取胜的结果。大家都知道，古巴女排一直是世界劲旅，也是中国女排的老对手，从20世纪80年代与中国老女排的交锋算起，二者的实力经常表现为此消彼长，胜负互现。这次在小组赛上以3∶2胜中国女排、以3∶0胜美国女排可见一斑。

　　女排精神曾经感动、激励了中国几代人，因为中国的其他大球还没有发展起来，水平在国际上处于较低水平，因此，中国人对女排情有独钟。据媒体调查显示，有中国女排参赛的电视收看率高于其他比赛节目。

　　我们希望中国女排姑娘不断地总结经验教训，在苦练技术的同时，多学点中国传统文化，吸取祖先的大智慧。真正感悟"内重者外拙"的道理，看淡奖金奖牌，轻装上阵，锤炼出一支技术先进、心理稳定、敢于拼搏的征服世界女排的队伍。希望今后陈忠和等教练流下的泪水更多的是表达喜悦，而没有悲情。

第二篇　人性之光

王楠的顽强

北京奥运会乒乓球女单决赛在王楠和张怡宁之间进行，结果张怡宁战胜王楠卫冕冠军，王楠获得银牌。这是王楠的告别赛，王楠的这枚女单银牌不亚于金牌。王楠的这场告别赛令全国观众为之动容，人们会永远记住这位女乒一姐的美丽、微笑及顽强。因为王楠是一位癌症患者。

我们有理由为王楠而骄傲，1978年出生于辽宁抚顺的王楠7岁开始打球，11岁进入辽宁省队，15岁入选国家队。从16岁起在国际乒联公布的女单世界排名中位次逐年提升，1996年第五，1997年第三，1998年第三，1999年第一，2000年第一，2001年第一。2006年不来梅世乒赛夺得女团冠军后，王楠以19个冠军头衔超越邓亚萍，成为中国夺得世界冠军最多的乒乓球选手。尽管在2004年之后就将"一姐"的"王杖"交给了更年轻的张怡宁，但是王楠在场上的霸气和定海神针式的作用让她仍是中国女队不可或缺的"大姐大"。王楠获得的世界冠军已达到23个。

天有不测风云，正在王楠全力备战北京奥运的2005年，甲状腺癌病魔侵袭了王楠。在谈癌色变的今天，无疑对王楠是一个巨大的打击。著名教育家、演讲家李燕杰说："癌症患者有三分之一是被吓死的，三分之一被庸医治死的，还有三分之一战胜癌症，顽强地生活。"王楠则属于战胜癌症，顽强生活的这一类患者。

为了祖国的荣誉，王楠一边治疗，一边训练，虽然年近三十，训练的刻苦仍然不亚于年轻选手。王楠不仅技术过硬，而且堪称做人模范。王楠大姐在乒乓球队发挥着定海神针的作用。王楠用实力证明了自己，不仅在女团夺冠中发挥了重要作用，而且在女单比赛中球技和斗志不减当年，她一路过关斩将，战胜了许多年轻高手，将一些有希望夺冠的外国选手挡在了决赛场外，为保证中国球员会师决赛，提前锁定这枚宝贵的女单金牌作出了不可磨灭的贡献。

决赛中王楠虽然不敌师妹张怡宁，但她依然笑对银牌，她留给观众的永远是美丽、微笑和顽强。我们相信退出乒坛的王楠会创造壮丽的人生，会走好今后的征程。

王楠留给我们的是永远的快乐，是巨大的精神资源。乐观地面对生活、顽强地面对坎坷，这就是王楠成功的秘诀！

第二篇 人性之光

张宁的坚持

　　2008年8月16日，对于33岁的羽坛老将张宁来说是一个永远值得记忆的日子，她以2∶1的比分战胜队友谢杏芳，为自己的运动员生涯画上了一个圆满的句号，得到了亿万观众的热烈掌声和由衷敬佩。

　　1975年出生于辽宁锦州的张宁，走上运动员生涯之后，道路非常坎坷，28岁之前陪过几代功成名就的队友，她却默默无闻，一直充当配角。张宁一度萌生退意。经过李永波教练的鼓励，决定在2003年的世锦赛上作最后一搏，如果仍然无缘奖牌，决定退出。结果，世锦赛一搏成功，终于取得第一枚国际比赛金牌，从而增添了坚持下来的信心，并以优异成绩入选2004年参赛资格。那一年，张宁29岁，在世界羽坛属于"大龄青年"。在这次大赛中，中国的几名名将相继落马，张宁的压力倍增。成熟的张宁不负众望，一路上将蓬萨娜、全在娟、皮红艳等名将挑落下马，在决赛中与10年前的宿敌荷兰名将张海丽相遇。两人都势在必得，这场比赛异常艰难，不仅张宁伤病缠身，体力透支，而且遇到裁判不公，多次将张海丽的界外球判为界内球。张宁忍受伤痛和不公，激发出更大的激情和斗志，最终以2∶1战胜对手，一雪10年前失败之耻，也为中国羽毛球队赢得了荣誉。

　　拿到奥运会金牌的张宁，可以说是功成名就，应该激流勇退，享受当妈妈的天伦之乐了，而张宁却选择了坚持。她不认为自己越来越老，而是越来越成熟，她要将运动生涯继续延伸。她向爱人于洋及家人宣布，下一个目标是备战2008年奥运会，为在家门口夺取金牌尽力。爱人于洋及家人理解和支持张宁，为了北京奥运，于洋只有将当爸爸的计划再次推迟。因为每一种成功，都是以付出作为代价的。

　　困绕张宁走向奥运赛场的最大障碍不是年龄，而是伤病，十多年的征战，使张宁留下了许多伤痛，张宁一边治疗，一边训练。常带笑容的张宁，每次治伤都会痛得失声哭泣，以至爱人都不忍心陪她去疗伤。张宁的精神不仅感动了教练和队友，而且感动了病魔，在参加资格赛之前，张宁的伤痛好转，使她胜利通过了资格赛，成为中国羽毛球队的主力队员。

　　在比赛过程中，幸运之神一直眷顾张宁，她独当半区，将许多外国名将败在拍下，胜利完成了李永波教练的战略目标。在决赛中胜利与另半区的胜者谢杏芳会师，年轻气盛的师妹谢杏芳最终也败在了张宁的拍下。大器晚成的张宁，成为蝉联奥运羽毛球冠军的第一位中国女运动员，也为张宁的运动员生涯书写了辉煌。

　　张宁的成功，给我们带来许多启迪。

　　如果人生的起步不顺，还有希望大器晚成。我国宋朝大文家苏东坡的父亲二十多岁才开始学习文化，最终成为八大散文家之一，可谓大器晚成，古代有之，今天有之，今后还会有之。

　　"坚持不一定能成功，但不坚持就一定不会成功。"这是张宁常挂在嘴边的一句话，也是支撑她一路走来的最大动力。坚持对于我们每个人来说都非常重要。我们如果能在这个世界上找到一块属于自己的"石头"，并像屋檐水一样，以某种固定的方式打磨它，那么迟早会创造"水滴石穿"的奇迹。如果见异思迁、朝三暮四、"三天打鱼，两天晒网"，将会一事无成。

　　舍得付出才会有收获。张宁的鲜花、掌声、金牌，是汗水、伤痛、分离

的回报。没有付出，就不会有收获；什么都想得到的人，什么也得不到。

　　"张宁现象"，值得我们去研究、探讨。张宁的精神对我们的启迪是深刻的，她对中国羽毛球事业的贡献是巨大的。

马琳的成长

2008年8月23日，中国乒乓球运动员马琳在北京大学体育馆以4：1战胜队友王皓，荣获第29届奥运会男单冠军，终于圆了马琳奥运会夺冠的梦想。

这位来自沈阳的1980出生的运动员，16岁进入国家队打球，曾获得过许多优秀的战绩，单在国际比赛中就获得2004年雅典奥运会男双冠军；第45届世乒赛获得混双冠军、男单亚军、男团亚军；第46届世乒赛获得男单季军、男团冠军；第47届世乒赛获得混双冠军、男团冠军；第48届世乒赛获得男双季军、男单亚军、男团冠军；第49届世乒赛获得男单亚军、男双冠军。

而令马琳遗憾的是在成长的道路上特别是通向奥运个人冠军的道路上屡屡受阻，险些使这位乒乓英雄放弃梦想。2000年悉尼奥运会上，已经具备相当实力的马琳意外落选悉尼奥运会的参赛资格。马琳觉得自己其实挺有实力的，但是名落孙山，名单公布后，马琳睡不着觉了，特别痛苦，甚至都觉得没活路了。在教练和领导的帮助下，马琳振作了精神，他当起了队友们的陪练。

随着快速成长，马琳稳定了自己在队里的主力位置。但是2003年5月的

巴黎世乒赛上，马琳输给了韩国削球手朱世赫。马琳带着遗憾而归。世乒赛回来，万念俱灰的马琳向教练提出不想打球的想法，那时正好男队主教练刘国梁刚上任。和刘国梁深谈之后，马琳感受到刘国梁对他的信任，又开始了新的征程。

2004年雅典奥运会的备战，马琳更加努力，他知道这是自己真正参加上的第一届奥运会，是他第一次实现梦想的机会。刘国梁希望他成为中国男单冲击奥运金牌的主力之一，对他寄予着很大的希望。而马琳在半决赛中却输给了中国队的"宿敌"——瑞典名将老瓦，与金牌无缘，受到了又一次沉重的打击。

由此可见，马琳成功的道路并不平坦，充满着坎坷泥泞。为了鼓励马琳备战北京奥运会，针对马琳存在的思想和技术问题。蔡指导、刘指导和主教练经常帮助马琳，让他调整好心态，放下思想包袱，不要过于看重结果，而是要注重过程，自然地打好每一个球。

马琳不仅善于用脑子打球，而且练球刻苦是大家有口皆碑的。据教练介绍，有时候，马琳几天就穿破一双鞋，大热天光着膀子练球。古语说："宝剑锋从磨砺出，梅花香自寒苦来。"这话在马琳身上得到了很好的印证。

经过几年的磨砺，马琳终于不断地成熟了起来，不仅在技术上，而且在心理上。因此，在这次的北京奥运会上，他能一路过关斩将，走上了最高领奖台。

我们高兴地看到一个不断成长的马琳展现在世人面前。

鲍春来的决心

在自己的家门口夺冠，为国争光，是每一个中国运动员的心愿，特别是那些有实力的运动员的心愿。然而，总是有些人难遂心愿，每届奥运会都会爆出冷门，许多名将与奖牌无缘，许多无名黑马得胜凯旋。我国羽坛名将鲍春来则属于屡遭幸运女神抛弃的选手。

在李永波教练的计划中，在北京奥运会上世界排名第二的鲍春来和世界排名第一的林丹各守半区，最后胜利会师。然而，鲍春来却遭遇了"滑铁卢"，他在男单四分之一决赛中，不敌韩国老将李炫一无缘四强。幸好林丹突出重围，为中国队夺取了男单冠军。奥运会对于鲍春来来说总是不顺，四年前的雅典奥运会上，势头强劲的鲍春来被韩国选手朴泰相击败，未能进入八强。这次北京奥运会又栽在了韩国选手手上。鲍春来的沮丧是可想而知的。

每一个成功人士特别是运动员都难免经受挫折的考验，关键看能否闯过这道坎，完美谢幕的羽坛老将张宁也曾经品尝了"千年老三"的滋味。北京奥运乒乓球男单冠军马琳曾经落选奥运，萌生退意，但他们都在领导、教练和朋友的帮助下浴火重生、归零明志，书写了辉煌人生。

第二篇 人性之光

明志的方式多种多样：我国古人有蓄发明志者，不达目标不理发；也有以婚事明志的，不达目的不结婚。乒乓球名将、现任主教练刘国梁，他面对兴奋剂质疑，也是削发明志，下定决心打出好球向世人证明自己的清白。下面我们来看西班牙的伊萨贝尔女王是如何明志的。

1490年春天，西班牙光复运动的最后一仗在格林纳达进行。伊萨贝尔女王率领十万大军包围了格林纳达。这位女王平素一身洁白，每天要多次沐浴更衣，美貌曾惊艳欧洲王室。但为了祖国的统一，她发下重誓，不夺取格林纳达决不脱下自己的战袍，以此激励将士。经过西班牙将士的浴血奋战，摩尔人终于弃城投降，西班牙终于获得了统一。这位女王终于可以脱下战袍，还女性本色。

鲍春来则选择了剃光头来作为明志的方式。意在与两次奥运会的失利一刀两断，一切从头再来。鲍春来是好样的。这个1983年出生于湖南长沙的小伙子还年轻，我们也期待鲍春来能够一次又一次地站到领奖台上，为国家争光，为人生添彩。

鲍春来从小就有多动症，父母为他选择了一个适合他发展的职业，小小年龄就参加体校训练，展现出羽毛球的天赋，被选调到国家二队打球。2000年在广州举行的世青赛上，他一路过关斩将勇夺男单冠军，之后被选入国家一队。在汤仙虎和钟波两位教练的精心调教下，鲍春来在国家队又有了长足进步，开始在一系列国际比赛中崭露头角。汤杯赛前，他的世界排名一跃升至第二，被中国队选入汤杯阵容，成为第二单打。几年来，鲍春来取得了许多骄人战绩，技术水平提高较快，具备了较强的竞争力，但比赛经验欠缺，心态仍显稚嫩，临场发挥起伏较大。其实高手之间的过招，比的不仅是技术、体力，更重要的是心态。鲍春来要想顺利地实现自己的目标，不仅需要苦练技术，强壮身体，而且应该好好学习中国传统文化，从古代经典中汲取智慧，认清本末、看淡名利、享受过程。我们希望鲍春来能成为越来越成熟的运动员。

博尔特的轻松

北京奥运会，中国以51金稳居金牌榜首，上届金牌冠军美国队则以36金位列第二，与中国差了15枚，出乎国人的意料。究其原因，一是中国队占有主场之利，有些无名选手成了黑马；二是美国的名将出现了一些失误，如埃蒙斯遭遇"最后一枪厄运"、4×100米男女选手出现掉棒等；三是强势垄断项目被他国选手瓜分，如田径比赛的不少奖牌被非洲选手分羹，仅牙买加选手博尔特一人就夺走100米、200米、4×100米三项比赛的金牌。有专家介绍，美国以前之所以在田径等领域一国独大，是因为仗着国力强大挖来了别国人才，摘取了别人栽种的果子，比如以前的不少田径选手就是从牙买加等国家挖来的。现在这些国家经济实力增强了，也重视了体育事业，加强了爱国主义教育，出台了重奖措施，使一些优秀运动员留在了国内，减少了外流，如博尔特等运动员就属于这一类。

博尔特无疑是这次北京奥运会的大赢家，他不仅夺得了三枚金牌，而且刷新了100米、200米的世界纪录——以9秒69和19秒30的奇迹刷新了100米和200米的世界纪录。同时成为历史上在同一届奥运会同时刷新这两个项目世界纪录的第一人。据业内人士分析，10年之内，100米和200米的世界

纪录只能由博尔特自己打破。博尔特不愧为敢与闪电比速度的奇才。

这个 1 米 96 的大个子，给全世界观众留下了深刻的印象。人们不仅敬佩他的体育天赋，而且享受着他带来的快乐。他对着镜头毫不掩饰自己的兴奋，他先是跳起诡异的舞蹈，接着，又玩起踩电门似的"哆嗦"，做着弯弓射箭的动作，尤其是他在 100 米大赛临近终点比赛的拍胸动作，逗得全场观众大笑不止。

奥运比赛对多数运动员来说是紧张的，因为他们四年等一回，付出的艰辛和汗水实在太多，争金夺银的期望也越大。因此多数运动员比赛时的心情是紧张的，脸色是凝重的，张怡宁、郭晶晶、杜丽、朱启南等名将莫不如此。我们观看这些运动员的比赛，同样心情也是沉重的。

然而博尔特带给观众的是另一种氛围，身材高大的博尔特参加奥运比赛酷似一位顽童在参加一场游戏。人们看不出他有紧张的神情，至少他展现、传递给观众的是轻松、快乐。观看这样的比赛才是一种真正的享受。

在如今体育功能异化，过分追逐名利的体坛，博尔特不仅创造了超人的成绩，而且给体坛吹入了一股清新的风气。

当年古典奥林匹克的发起者和现代奥运会的创始人的本意应该是人类的健康、快乐和交流。通过运动员的高超技能，将健康、快乐和友谊传递给观众，这应该是奥运会之所以长盛不衰的本源。然而随着经济的发展和科技的进步，逐渐将奥运会的功能异化了，奥运会成了兴奋剂丑闻迭出、追逐名利的功利场。

博尔特纯朴的气质、快乐的表情、自然的流露无疑是弥足珍贵的，人们会记住这位可爱的天才。22 岁的博尔特尽管他的速度如闪电，但他的人生之路还很长，期望他给全世界人民带来更多的轻松和快乐。

肖恩的微笑

美国体操女运动员肖恩·约翰逊给中国观众留下了美好的印象，大家之所以喜欢这个小姑娘，是因为以下原因：一是肖恩的动作优美，技术过硬，夺取了团体亚军和平衡木冠军；二是肖恩的老师是中国人乔良；三是肖恩是一位业余选手；四是肖恩漂亮、友善、常带微笑，尤其是她的微笑感染了所有的人。

出生于1992年的肖恩，刚出生时身体并不好，小时候特别多动、顽皮。父母让她练过舞蹈，但没有往前走；投奔过一些体校，但教练并不看好她，认为肖恩不是练体操的料。

肖恩6岁那年有幸遇到了来自中国的乔良教练，是乔良成就了肖恩，也是肖恩成就了乔良。乔良慧眼识珠，仅一小时就看到了肖恩的潜质，认定肖恩是一块可琢之玉，因为小小的肖恩不仅大胆、刻苦，而且心地善良，很有礼貌，这是成就大牌明星不可或缺的品质。

十年来，肖恩视乔良为父亲，乔良视肖恩为爱女，他们配合默契，心心相印，共同成长。肖恩由一只"丑小鸭"出落为"金凤凰"，战绩辉煌，地位腾升。她先后获得了2007年世界锦标赛团体、个人全能、自由操冠军；

2007年泛美运动会团体、个人全能、高低杠、平衡木冠军，自由体操亚军；2007年全美锦标赛个人全能、自由操、平衡木冠军，高低杠第三名；2008年北京奥运会女子全能亚军和平衡木冠军。乔良也由自办小体校的无名小老板成为大名鼎鼎的美国体操女队主教练。

这届北京奥运会决出的冠军就有三百多名，能够在普通观众心中留下深刻印象的并不会很多。肖恩小姑娘之所以能够在普通观众心中留下如此深刻的印象，有以上讲的多种因素，但我觉得最重要的是肖恩甜美的微笑，她的微笑不仅征服了广大观众，而且征服了裁判员。有一个细节大家应该还记得，中国体操"一姐"程菲失误后，是肖恩面带微笑第一个去安慰她，拥抱她，显示了肖恩的善良、友好和素质，令人敬佩。

微笑是指不显著的，不出声的笑。微笑是友好、善良、自信的一种外露，微笑是人际交流的名片，微笑还是人生的一大资源。试想假如你是一名人事招聘主管，面对一群应试者，其中有板着脸孔的，有一脸沮丧的，有面带微笑的，试想在其他条件大致相同的情况下，你会优先录取哪一种人呢？大家的回答可能会相同，会优先录取面带微笑者。设想我们参加一次沙龙，其中有许多陌生人，我们优先选择的交往对象应该是面带微笑的人。因为微笑就是他（她）心灵的窗户，是他（她）发出的友好信息，因此很容易得到周边的反馈。而脸孔严肃，不苟言笑者，象征着关上了交往的大门，一般的人都会绕道而行。

如果以上分析能够成立的话，说明面带微笑者会赢得更多的交往机会，会得到外人更多的认可，社会也会为其提供更多的成功机遇。我国有一句古话："伸手不打笑脸人"。意思是说，即使你犯了错误，只要你能够面带笑容诚恳地认错，就很容易得到别人的谅解。

反观我们的现实生活，不少人整天板着脸，好像谁都对不起他，欠了他两块钱似的。这种人会令人讨厌，人们都不愿意多看他一眼。因此这种人在人生的道路上自设了许多坎坷。

　　使用微笑，是非常有益的。微笑是上帝恩赐给人类的一大资源，我们应该很好地开发这种资源，对于拥有这一资源的人类来说，微笑是与生俱来的，只要你懂得使用。微笑不仅有益于事业的发展，而且有益于身体健康。古语说"笑一笑，十年少""一笑解千愁"。专家说，经常微笑的人能够延年益寿，因为微笑能够锻炼肌肉，缓解紧张与忧郁。

　　肖恩小姑娘凭着她的技艺和微笑不仅赢得了北京奥运会上的金牌，而且赢得了广大观众的赞誉。肖恩的成功，给了我们深刻的启迪。让微笑永远与我们相伴，让世界充满微笑。

埃蒙斯的心态

每届奥运会都会爆出冷门，美国射击运动员埃蒙斯再遭最后一枪的厄运，无疑是北京奥运会最大的冷门，有网民戏称埃蒙斯是中美友好使者，也有人称他为史上最神奇败者。

埃蒙斯在四年前的雅典奥运会三姿射击比赛时，因最后一枪打到了别人的靶上而痛失金牌，我国的射击运动员贾占波捡了个便宜。这次在前九枪领先第二名3.3环的情况下，最后一枪却只打出了4.4环，仅获第四名，与奖牌擦肩而过。因此也成了人们的一大谈资。

奥运会四年等一回，又为全世界几十亿人关注，另外各国对奖牌都有重奖，因此厚重的名利，也给不少运动员造成了巨大的压力。对于具有实力而发挥不正常的运动员来说，大多会沮丧无比，甚至痛哭流涕。而埃蒙斯面对失利却淡然豁达，始终笑容满面，与获得金牌的中国运动员邱健激情相拥表示祝贺，与妻子卡特琳娜深情长吻，并且积极配合媒体记者采访。当有记者问他，失去金牌作何感想时，他的回答竟然是："我们家已经拿到三块奖牌，我很满意。"这是何等的豁达大度，不能不令人敬佩。

其实，挫折对人们来说是一种常态，谁的人生都不会一帆风顺。一个人的最大成功，不在于顺境中的成就，而在于在逆境中的奋起。许多优秀人才就是在逆境中败阵的。

当逆境发生时，应该采取的态度是客观地接受它，设想最坏的结果是什么，想出最好的办法化解它。一味地怨天尤人、哭天喊地，是无济于事的。埃蒙斯采取的态度就是客观地接受事实，找出安慰心理的理由，向着积极的方面转化。因此，"埃蒙斯心态"应该成为心理学上的一个新名词或一个新成语。

我们有理由相信，拥有平和心态的埃蒙斯必将取得更多更好的成绩。

第二篇　人性之光

信心支撑生命——马元江创造生命的奇迹

在2008年汶川地震的救灾现场，不时会传来生命的奇迹，有的人被废墟掩埋100小时获救，有的人被埋120小时后获救，有的人150小时后获救……我们欣喜地获悉经30小时奋力救援，2008年5月20日凌晨零时50分，救援队在映秀湾发电总厂办公楼废墟中，将该厂职工马元江成功救出。此时距5月12日下午2时28分汶川大地震发生，已近179个小时，再次创造了生命的奇迹。而且他出来后能够说话，稍稍休息就开始少量进食。我们礼赞生命的顽强。

在现场指挥的映秀湾发电总厂党委书记吴耕激动地说："奇迹，简直是奇迹，马元江平时乐观自信，心态非常好，这也许是他能够活下来的重要原因。"

马元江在接受记者采访时说到，尽管身处危境，但始终相信党和政府会来救他的，因为自信，始终不抛弃，不放弃，信心支撑了生命。

从马元江的奇迹中，使我们感悟到信心的伟大力量，不仅在面对危难的时候需要信心，而且在平时的工作和生活中也需要信心。

按照中国传统文化的阴阳互补理论，大自然和人生都要面对阴阳的轮回。从自然界来说，不仅有太阳，而且有月亮；不仅有白天，而且有夜晚；不仅有夏天的骄阳，而且有冬天的冰雪。人类也是如此，不仅有男人，而且有女人；不仅有青春年少，而且有体弱年老；不仅有荣耀，而且有坎坷。明白了阴阳的理论，对许多困难和挫折就能从容面对，乐观自信。

一天，我接到一位朋友的短信，其中有两句是"得到别得意忘形，失去别怨天尤人；顺时要善待别人，逆时要善待自己"。其实，这两句诠释的就是一种处世的心态，一种做人的原则。

有了信心，心中就会永远有光明，相信黑夜一定会过去，迎来的将是又一个黎明。有了信心，就能轻视挫折和困难，就能走过坎坷泥泞。信心是一种人生的素质，一种生命的质量，在许多情况下它胜过数理化知识，超过六级英语水平。

在我们的现实生活中经常会看到，有些人经常杞人忧天，忧心忡忡。只能开顺风船，经受不起一点风浪。有些人在职场只能听领导表扬，不能受领导批评。有一些高级知识分子尽管学富五车、满腹经纶，但一旦遭遇一点感情或工作上的挫折就或跳楼或上吊，草率结束生命。据调查，近年来，北大、清华等高等学府每年都有学生（不乏硕士生、博士生）跳楼自杀。这些高级知识分子的心理素质与马元江相比孰优孰劣，不言自明。

我们活着的人，既能活着，就要有信心，信心是支撑生命和成就事业不可或缺的力量。

尊重他人从保洁员、保安员开始

人是社会关系的总和。每个人都生活在社会关系之中，以自己为中心形成多重小圈，由多重小圈构成一个大生态圈。在建设和谐社会的进程中，社会作为一个母系统，母系统的和谐需要子系统的和谐，需要每个个体都能和谐相处。打造和谐社会人人有责，打造和谐社会需要从我做起。

打造和谐人际关系的前提是尊重他人。尊重他人对每个人来说并不陌生，而当今社会普遍存在尊重上司有余，尊重下属尤其是从事简单劳动的人员不足的现象。许多家庭频繁更换保姆，其中有多种原因，而主要原因可能是雇主对保姆的尊重不够。有个医院组织护士考试，有一位护士前面的业务知识考题对答如流，却被最后一道题目难住了。这道题目是："为我们楼层服务了几年的保洁员姓什么？"这位护士无法回答，因为她从来没有正眼看过这位来自农村的保洁员，更谈不上跟她打招呼知道她姓甚名谁。

令建华非常感动的是，有一天，建华六点多钟到了办公室，遇见楼层保洁员孙大姐。她问我："好几天没有看见您了，出差了吗？"我说："谢谢孙大姐关心，我上周到江苏无锡参加国资委的一个培训了。"孙大姐之所以关心我，可能是因为我一般到办公室较早，每次见到她都会跟她打招呼问好。

人与人之间生来平等，只有工作岗位不同，人格都是平等的，没有高低贵贱之分。当我们尊重别人时，别人才会尊重我们。就像人在山谷高呼："我爱你！"山谷的回响也会是："我爱你！"如果高呼："我恨你！"山谷也会回响："我恨你！"

从2013年8月份以来，我都会在每周一监事部部门例会上与同事分享一个理念。我将"尊重他人"的理念和案例在周一部门例会上与我的同事进行了分享，得到了大家的认可。

我在部门例会上提议：监事部开车的同事，进出地下车库时，请向为我们服务的保安员鸣笛或招手致谢，并且养成习惯。因为我多年来从这种习惯中得到了保安真诚微笑的回报，所以也与同事们进行了分享。

其实，尊重他人，是我们每个人取之不尽、用之不竭的精神资源，对于不少朋友来说，没有充分开发利用这一资源。我们应当好好开发尊重他人这一精神资源，这会让我们收获难以估量的回报。

尊重他人从保洁员、保安员开始！

厚道为人是职场的护身符

由于受西方张扬个性、竞争求胜文化的侵袭，我国当今的职场十分流行"办公室政治"——为了自己能尽快升职，想方设法打击同事，特别是对自己构成威胁的同事。"办公室政治"将如今的职场搞得气氛紧张，人人自危，人们的幸福指数越来越低，快乐越来越少。

中国文化崇尚宽容厚道，倡导得理也让人。这方面的道理《增广贤文》里讲了很多。如："倚势凌人，势败人凌我；穷巷追狗，巷穷狗咬人"是教人得理也要让人。"吃得亏，坐一堆；要得好，大做小"是教人要不怕吃亏。"有容德乃大，无欲心自闲"是教人要宽容。"汝唯不矜，天下莫与汝争能；汝唯不伐，天下莫与汝争功"是教人要谦虚。

本人深受中国文化特别是《增广贤文》文化的熏陶，并且身体力行弘扬中国文化，坚持厚道做人，宽容待人。对一些个性张扬、无知浅薄的人士，按照大午农业集团有限公司创始人孙大午的说法，第一是知其然；第二是知其所以然；第三是然其然。

在此与读者分享一个案例。

集团公司领导要我帮助修改一个某部门根据上级行业部门安排起草的

《建国六十周年成就汇编》文稿。我看后发现此文稿存在较多低级错误，甚至存在保密方面的问题。我在对文字进行修改的同时还提出了不少修改建议。按照公文管理程序，我应该将这份修改文稿报集团公司领导，但我觉得这样错误太多的文稿有损该部门的形象。做人要厚道，于是我违反了公文管理程序，将这份修改文稿交给了该部门领导，并征求了他的意见。这位领导看后心存感激同时也觉脸红。他向我解释了其中原委，原来是下属打印错了文稿，此稿不是最后的定稿，而是修改之前的文稿，当时报给他时，只看了第一页，没有认真看后面的内容，才出现这样的错误。他非常感谢我没有将这份低级错误较多的文稿报给上级。我说，谁都不敢保证工作中不出错，一旦出错，同事、朋友们都应该相互补台，以便减少错误带来的不良后果。

我以上行为深受北宋名臣王旦的影响。有关北宋名臣王旦与寇准的故事，我2007年在中国城市出版社出版的《品贤文谈做人》一书的第225页引用过，现摘录如下与读者一起品读。

王旦主政，与人为善

当别人做了对不起我们的事，我们是以牙还牙呢，还是高抬贵手、放人一马呢？在这方面王旦的做法就很值得我们学习。

王旦担任司空中书时，一次送到枢密院的文件因格式不符合规定，被寇准告到了皇帝那儿，王旦因此受到了严厉的斥责。

不到一个月，枢密院有事情，需要送文件到中书省，谁知枢密院的文件也出现了不符合规定的错误。值班官吏高兴地把它送给了王旦，以为王旦会趁机报复一下枢密院的寇准，出以前那口恶气。但是王旦并没有将此事上报朝廷，而是指出了错误后，将文件退还给枢密院，并通知他们修改后重新上报。寇准知道这件事情后，心里感到十分惭愧。

当寇准见到王旦时，佩服地说："仁兄的度量真大啊！今后我要好好向

仁兄学习。"王旦却说:"我这样处理这件事情,只是尽我做人的本分。我们之间如果冤冤相报,何日是头?我们同朝为官,理应互相宽容,互相帮助,同为朝廷效力,个人之间的恩怨应该抛置脑后。"

王旦这种以德报怨的做法,深深地感染了恩怨分明的寇准。从此以后,寇准一直将王旦当作知己。

请让出生命通道

一天，北京出现大雾，出门时路面湿润，以为下雨，其实属大雾所致。

我和夫人七点不到出蓝星花园，行至罗马环岛出现浓雾，能见度极低，我们开启双闪灯，一路慢行。走过一段，浓雾渐稀，出泗上桥进京承高速，雾渐浓。行驶不远，车辆出现拥堵，由慢行至停止。

我们分析前面可能出现较大交通事故，因为几年来，这段京承高速很少严重拥堵。不久，见到交警、医护人员步行前进，所有车辆见缝插针，慢慢蜗行。陆续见到几起两三辆车追尾事故，但不严重，所堵塞的路面不多，车辆还能慢行。

四辆救护车拉起警报，嗷嗷直叫，但应急通道早已被堵得严严实实，只能干着急。行至顺黄路出口附近终于见到事故场面，横七竖八的大车小车撞到了一起。周边摆上了大吊车、救护车。医护人员和交警们在紧张救援。夫人告诉我，大车上的司机被挤压出不来，面呈痛苦状，几个交警在紧急救助。

京承路面的车道基本上被事故车辆堵塞了，仅剩下左侧勉强能通过小

车，我们堵了一个多小时才走出事故地段。出了交费站，见出京京承路已封闭，所有出京车辆从临时开启的通道掉头进城。

看到这种场面，心里不是滋味，又有一些鲜活的生命受到伤害，甚至有可能危及生命。

各位车友在浓雾频发的春天，一定要更加注意安全，放慢速度，保持车距。另外，一定要遵守交通规则，千万不要占用应急通道，因为应急通道是我们每个车友的生命保护线。

空姐的孝道

履行孝道是中华民族的传统美德。《增广贤文》中有许多关于"孝"的论述，如大家可能熟悉的有："羊有跪乳之恩，鸦有反哺之孝""孝悌为先务，本立而道生""孝当竭力，非徒养身""爱日以承欢，莫待丁兰刻木祀；椎牛而祭墓，不如鸡豚逮亲存""万恶淫为首，百善孝为先"……孝被古人称为道德之元、教育之本。《二十四孝》中的舜帝、汉文帝、曾子、黄庭坚等孝子受到后世景仰。

我国五四运动以来特别是"文化大革命"期间，孝道文化遭受了很大的冲击，有的地方甚至把孝道与封建落后画上了等号，致使道德伦理江河日下，父子反目、兄弟为仇的现象屡见不鲜。"文化大革命"结束后，党和政府在发展经济的同时，注重弘扬中华民族传统美德，提出了以德治国的方略，特别是近年来开展的声势浩大的道德模范的评选活动，使一大批敬业奉献、诚实守信、孝老爱亲的道德模范受到表彰，形成影响，感动中国，对建设和谐社会发挥着积极作用。

我们高兴地看到，中华民族的传统美德正在年轻一代中弘扬光大。近日听朋友讲述了一位空姐——大宝的孝道故事，颇感欣慰。

大宝是一位漂亮的海航空姐，从小由爷爷奶奶带大，与爷爷奶奶感情深厚。

大宝当上空姐后，经常出航国外，只要有机会，就会给爷爷奶奶购买异国他乡的礼物，爷爷奶奶总是劝她不要乱花钱，反对她买东西。大宝的策略是"贵买贱报"，比如一千元的东西就说是一百元，一百元的东西就说是十块钱买的，以此宽慰老人。

大宝总是想着法子给爷爷奶奶钱，可是爷爷奶奶总是拒绝接受，大宝自有她的妙招。一次奶奶生病住院，大宝日夜在医院护理，看到奶奶的钱包里仅剩下一百多元钱，大宝就将自己的一千元钱塞进了奶奶的钱包里。奶奶用钱的时候，发现不对，好像钱多了。大宝就说，奶奶是你的钱，你年纪大了，记性不好。奶奶也记不清了，就稀里糊涂收下了。

大宝每次出差回京都会直奔爷爷奶奶家，去看爷爷奶奶，帮爷爷奶奶洗脚，剪指甲，乐得爷爷奶奶合不拢嘴。

爷爷奶奶在大宝心目中有着崇高的地位，家里爸爸、妈妈等长辈们谁惹爷爷奶奶不高兴，或与爷爷奶奶说话嗓门高了点，大宝就会跟谁急。

大宝的孝道值得我们特别是青年朋友学习，愿履行孝道在我国蔚然成风。

一瓶水与一抹灰

朋友介绍了施工队为我家两个卫生间做防水。大热天，工人师傅们非常辛苦，常常汗流浃背，挥汗如雨。我夫人每天为师傅们送去西瓜、凉水，还冰镇了啤酒请他们喝，师傅们都挺感激，把他们手下的活计做得特别精致。

负责施工的吴师傅来自安徽芜湖，儿子是一家知名公司的项目经理，吴师傅和老伴来北京五年多。吴师傅家有个小孙女，和我们家凡宝一样，是爷爷奶奶的小尾巴。我夫人与吴师傅相约，请吴师傅带小孙女到我家跟凡宝一起玩。她们两个小朋友一起唱歌跳舞、玩玩具、讲故事，玩得非常开心。

中午，我们请吴师傅和小孙女在附近金百万酒店吃饭。席间，我们一起聊起了家乡，谈到了这些年的体会与感受。

吴师傅今年五十有七，是1989年入党的老党员。他说："做工程时要讲党性、凭良心，所以回头客多，相互介绍客户的多，在圈子里营造了良好的口碑，这些年业务不断发展，家乡不少亲友加入了我们的工程团队。"

我问道："您长年在外，党费交不交，如何交？"吴师傅告诉我："党费还是要交的，一年交一次，过春节回家时交给支部书记，交的也不多，一年交十块钱。"

吴师傅接着说："北京多数人的素质比较高，尊重我们农民工的劳动，尤其是南方人在这方面做得好一些。但也有些人财大气粗，以为自己有钱，不尊重我们，对我们态度粗暴。有一次，在一户人家做卫生间改造，灯具是从旧货市场买来的，让我们安装。我们大热天在他们家施工几天，那家人小气得连瓶水都舍不得给我们买，却对我们的施工'鸡蛋里挑骨头'。我们在安装灯具的时候，那家的男主人还态度粗暴地命令我们把灯上的灰尘擦掉！

"这时，我也不客气地回答他：'我们是做改造安装的，不是来你们家做保洁的，要擦灰，还是您自己动手吧！'说得他无言以对。

"按理说，擦一下灯具上的灰，对我们来说是举手之劳的事，但我们生气的是那个人太小气，太不尊重我们，所以我们就不愿为他多付出。"

吃完饭后，我们开车将吴师傅和小孙女送到了地铁口。我们握手告别，接受了吴师傅的邀请——方便时我们全家到小汤山他们家做客。

吴师傅是从农村走进城市的千万农民工中的一员，他们是城市建设的有功之臣，城市的繁荣和居民的幸福渗透了他们的汗水与心血，他们理应受到人们的尊重。

人与人之间职业分工虽有不同，但人格都是平等的。相互尊重，是社会和谐的润滑剂。

如何面对大师之误

时下，各类名人大师如雨后春笋，遍地生长。尤其是培训界、国学界，自诩为"亚洲十大名师""全国十大大师"者到处都是。这些所谓的名人大师，到底有多少学养和水平就不得而知了。因此，对这些名人大师的言论不要过于迷信，以免以讹传讹。

一日，与一好友相聚，好友带来一位商学院的大师，据说该大师主讲国学、学富五车。席间大师与其中一位朋友有着共同的国学爱好，二人你来我往，谈古论今，口若悬河。我等洗耳恭听，其中不乏受益之言。

大师见听众有恭听之状，便谈锋更健，言及历史，摆起典故龙门。

他兴致勃勃地讲述了古时太史官据实记载的历史故事。

汉武帝时，有兄弟三人。老大记载了武帝在一次早朝时发怒摔杯子，武帝让其删除，老大以史官必据实记录为由不删被斩。老二接替后仍然坚持如实记载，老二也被斩。老三接替史官后仍然如实记载，武帝只得让步。此时另一家族的一位史官听说这件事后，打起行囊赶往朝廷，准备等老三被斩后接着如实记载，后来听说老三已成功如实记载才打道回府。并说司马迁在《史记》中写了这件事。

我一听，这位大师讲的典故张冠李戴。文天祥在《正气歌》中就有"在齐太史简，在晋董狐笔"的诗句。这个典故出自齐国的"太史兄弟"。

据史料记载，齐庄公与执政官崔杼的老婆棠姜私通，被崔杼发觉。崔杼一怒之下杀掉了齐庄公，立齐景公为国君。此事发生后，齐国的太史伯写道："崔杼弑其君。"崔杼知道后命令太史伯删除这一记载，把国王的死因改成因病去世。太史伯拒绝了崔杼的命令，仍然坚持据实记载历史。崔杼大怒，就令刽子手杀了太史伯。

按照当时的史官家袭制度，太史伯被杀后，他的弟弟仲接替了太史的官位。崔杼软硬兼施，命令太史仲按照他的授意重新记载这件事情，但太史仲不以为然，仍然记载"崔杼弑其君"。崔杼恼羞成怒，又令刽子手将太史仲杀了。太史仲死后，由其弟叔接替太史官位，太史叔还是据实记史，记下"崔杼弑其君"。崔杼异常愤怒，又令刽子手把太史叔砍了。老四季接替了太史官位。崔杼便改用金钱美色去收买他，可太史季还是坚持据实记载历史的立场，把"崔杼弑其君"记在了史册上。

此事引起朝野震动，崔杼自然有所顾忌，一看再杀下去也解决不了问题，也只好如此了。更有意思的是，另一个史官家族的南史氏听说太史家的人快被杀光了，就背着竹简往朝廷赶，仍然要在史册上记下"崔杼弑其君"这件事。走到半路，听说太史伯的最后一个弟弟已成功地记下了此事，他才高兴地打道回府。

因为建华多年来研究撰写了四十多篇"中国效应"，阅读了《史记》《资治通鉴》等史料，写了一篇七千多字的《董狐的直笔效应》，对这段历史有过一些研究。面对大师之误，建华没有当面指出，但私下与大师的朋友进行了沟通，指出了大师的误处。

如何面对他人尤其是名人大师之误？处理的方式因人而异。有的人可能会当面直指，据理力争，甚至发生口角，不欢而散。这种现象，尤其在饭局中屡见不鲜。我国历史悠久，历史人物众多，后人记忆有误在所难免。我们都可能有记错说错的时候。当发现名人大师记错说错历史人物时，建华则认为作为礼仪之邦的炎黄子孙，还是含蓄地给他（她）指出为好。因为每个人尤其是名人大师自尊心都很强，不希望别人当面指出错误。自古至今能够做到当面闻过则喜的人少之又少。那么贤明的唐太宗，都气得差点杀了敢于当面批评的魏徵。但明知道名人大师存在错误不提个醒，可能会谬误流传，误人子弟，也是一种不负责的表现。通过合适方式，既让名人大师保全面子，又能促其知错改错可能会比较好。

事后，建华给朋友发去了《董狐的直笔效应》一文，并让朋友转发给大师。面对大师之误，建华如此处置，不知妥否？敬请读者指教。

第二篇 人性之光

做人要有责任

在人际关系之中，有的人游刃有余、左右逢源，而有的人到处碰壁、怨天尤人。这种现象值得每个人思索甚至终身探究。

谁都无法说出令所有的人都满意的答案，因为这个问题太复杂了，太有意义了。

据我的观察和思考，有一个非常突显的主题词——责任。即做人要有责任。

所谓责任，就是分内应该做的事情。这句话虽然很简单，但有的人一辈子都不明白自己的分内之事；有的人只讲索取，不讲责任。

一些人在家庭的角色中不知道尊老爱幼、履行孝道的责任；在单位不履行敬业爱岗、帮助他人的职责；与朋友交往过多地要求朋友为自己做事，而不愿为朋友出力。有些人经常责怪家庭、同事、朋友没有帮助自己，而不反思自己为家庭、同事、朋友做出了什么。

做人要说复杂也很复杂，要说简单也很简单。正如《贤文》所说"若要好，大做小；吃得亏，坐一堆"。履行责任是需要付出的，有时候甚至是需要吃亏的。履行责任就比如在银行里存款，只有存的款越多，用的时候才能取得越多，一个没有存款的人是不能从银行里取出款来的。

我们要想在这个社会中游刃有余、左右逢源、事业有成，就需要担当起做人的责任，因为这是做人之本。

给小偷留点面子

每个人都是有尊严的，包括小偷也是如此。

一天，一位做片区经理的朋友给我讲了一个给小偷留点面子的故事，现转述如下与读者分享。

有一天，她分管的一家餐饮店的经理给她打电话说，店里小李姑娘刚发的一个月工资820元被人偷了。那天上午发工资后，小李姑娘将钱放在床头被子底下，下午就发现钱不见了，小李姑娘急得一个劲儿在哭。经理请示如何处理。

片区经理分析，小偷肯定是同宿舍的人，如果报警效果不一定好，于是她决定采取另一种方式来处理。

片区经理立即赶往店里，召集店里员工开会，通报小李姑娘丢钱的事情，并且锁定是内部人所为，俗话说"船上不漏针，丢失有何人"，希望跟小李姑娘开玩笑或一时糊涂拿了小李姑娘钱的人，在这天晚上之前将钱放回原处。这样的话，就当什么事情也没有发生。否则，公司与派出所有联保协议，请警察来肯定能够破案，那么后果就会比较严重，希望大家想清楚。

第二天片区经理果然接到店经理的电话，告诉她，小李姑娘的820元钱

失而复得，偷钱者已将钱放回了原处。

片区经理终于妥善地解决了失盗事件：小李姑娘复得了丢失的钱，也为小偷保住了面子，更为重要的是能有效制止类似的偷盗事件再次发生。

我听后，深有感触：晓之以理、动之以情、尊重他人、以柔克刚是中国文化的精髓，也是管理的至高境界。

这个故事是否对我们有裨益？

铅笔与人生

一个小男孩问正在写信的奶奶:"奶奶,您在写什么?"奶奶停下手中的笔对孙子说:"我在写关于你的事情。我正在使用的这支铅笔很了不起。希望你长大后,也能像这支铅笔一样。"

奶奶的话激起了小男孩儿的兴趣:"它和我见过的铅笔都一样啊!"

"孩子,这支铅笔具备了五个特性。如果你也能拥有这五个特性,那你将成为一个成熟的人。"奶奶说。

"铅笔的第一个特性是,尽管它写了很多字,但都是在手的引导下写下的。孩子,你要记住:尽管它能做很多大事,但你千万不能忘记那是因为一直都有一只手在引导着你。我们管那只手叫'上帝'。

"铅笔的第二个特性是,有时我们不得不停下来,用铅笔刀削一削它。这样虽然会使铅笔经受痛苦,但是削过之后,它会变得更加尖利。所以孩子,你也必须学会忍受痛苦和悲伤,因为它能使你成为一个更优秀的人。

"铅笔的第三个特性是,它总是允许我们使用橡皮擦掉错误。这就是说,纠正我们做过的一些错事并不是坏事,它可以帮助我们走上正确的道路。

第二篇 人性之光

　　"铅笔的第四个特性是，真正有用的不是外表漂亮的笔杆，而是里面的铅芯。所以要注重你的内心世界，提高你的内在素质。

　　"最后一点，无论如何，只要你用铅笔一写，总是会留下自己的印迹。同样的道理，你也应该懂得，在人生旅途中，你所做的任何事也都会留下印迹。所以，今后无论你做什么，都要先考虑清楚后果，三思而后行。"

放弃水煮鱼

时下，宣传"放弃"理论的专家学者不少，真正能够做到"放弃"的人不多。宣传学习的目的在于应用，否则，喊破了嗓子也不管用。

当今城里人的疾病，80%与营养过剩有关，什么"三高"（高血脂、高血压、高血糖）都是营养过剩惹的祸。困难时期营养缺乏会生病，小康时期营养过剩也会生病。许多身体肥胖，身患疾病的人在受到疾病折磨时，都曾信誓旦旦要听从医生建议，控制食欲，节食减肥。但一上餐桌就难以抵制美味的诱惑，或自我安慰："减肥从明天开始，今天还是过把瘾再说。"但"明日复明日，明日何其多"？

我曾在电视节目中听304医院的一位女专家讲课，说到她自己也患有不宜吃肥肉的疾病。一次在外地出差，朋友招待她，酒店里端上了一碗色香味俱佳的红烧肉。面对肥肉，曾下过决心不吃，但食欲战胜了理智，趁大家不注意时，快速夹起一块塞进了嘴里。这位直率的专家讲出了自己可爱的故事，无非是想说明，食欲的力量是巨大的，没有坚强的毅力是难以抵制美味诱惑的。

我这几年的体检报告都显示体重超标，几年来都注意了饮食，特别是晚

上主要吃稀饭、蔬菜。但有时也控制得不好，碰到自己喜好的那一口，明知道不能多吃，但一不小心就多吃了，毅力还不够强大。

一天，儿子与儿媳结婚纪念日，儿子安排全家晚上在燕和楼一聚。

我吃了一碗米饭和一些蔬菜，没等水煮鱼上桌就结束了用餐。家人劝我再吃点水煮鱼，其实我也挺喜欢吃水煮鱼的，但我的理智战胜了食欲，拒绝了家人的建议，抱起小凡宝到外面遛弯去了。

我为控制饮食，放弃吃美味的水煮鱼，开了个好头，从今往后还要继续努力。

善意的谎言

做人需要诚实，这是大家的共识，但是诚实也有形式上的诚实和本质上的诚实之分。

有时善意的谎言并不有悖诚实。可以说每个人都说过谎话，但谎话是有善恶之别的。

我和夫人就说了一次谎话。

事情的原委是这样的：北京的一位朋友春节期间回了老家江西永修，老家的一位大姐知道后，说了一筐好话，请其帮我带了一些豆角、瓜子等特产，因为她知道我们喜欢吃家乡的特产。这位朋友也不顾自己带的东西多，将一个不轻的纸箱通过火车带到了北京。由于工作繁忙没有及时取回特产。等到周日终于挤了点时间上他家取回了特产，由于在纸箱里闷的时间过长，加之豆角晒得不太干，打开一看，豆角已经变质长了绿毛，不能食用了。

我与夫人商量，收到了特产得打个电话告诉大姐，但不能说豆角坏了，只能说好吃。因为这些豆角是大姐颇费周折从农村朋友家里要来的，如果知道我们没有吃上，她肯定心里难受，当听我们说好吃后，她才会特别高兴。

尽管我们撒了一个谎，但这是善意的谎言。

第二篇　人性之光

张大姐得理也让人

"乐乐"是张大姐家宠狗的爱称，它伴随张大姐十三年，不料却因宠物医院的一次医疗事故而被治死，为此张大姐在家哭了几天。

我曾在张大姐家见过乐乐，它是一条纯白毛的京巴狗，它特听话，张大姐一家人把它当成了"家庭成员"。乐乐不仅受到张大姐家人的喜欢，而且张大姐的朋友都喜欢乐乐。张大姐叫它跟谁打招呼，它就会向谁摇头摆尾表示亲热，特讨人喜欢。

张大姐每天早晚都要陪乐乐在花园遛弯，带乐乐遛弯是张大姐每天的"必做功课"。乐乐给张大姐的退休生活带来了无限乐趣，也给张大姐身心健康带来了很大益处。

乐乐前段时间得了感冒，经常咳嗽，张大姐就带乐乐到附近的一家宠物医院看病。也许是年轻医生经验不足，打了两针，不但没有治好乐乐的病，反而结束了乐乐的生命。

宠物医院知道自己的责任，非常诚恳地向张大姐赔礼道歉，主动承诺送乐乐一只木箱，帮助安葬在杨树林间。

乐乐被误诊而死，张大姐的心情可想而知，她经历了由气愤到悲伤的心理过程，精神受到了莫大的打击。有朋友建议她向宠物医院提出赔偿，说不能便宜了他们。

经历了气愤和悲伤的张大姐，逐渐恢复了理智，宽容占据了她的心灵，她对朋友说："人家也是误诊，乐乐能够入土为安就算了，得理也要让人。如果为此事发生争执，惹得生气，得不偿失。我们给小狗取名乐乐，就是希望它能为我们带来快乐，不能因为乐乐的离去而带来更多的忧虑，失去更多的快乐。"

张大姐原谅了宠物医院，又向朋友要来一只小狗，以乐观的心态又开始了养狗、遛狗的生活。

张大姐"再气也要想得开，得理也要让人"的处世之道值得我们学习。

仁爱文化在抗震救灾中闪光

中国是一个崇尚仁爱的国度。

儒家思想的创始人孔子对仁爱做出过深刻的论述，他大力宣扬"仁"的学说，认为"仁"即"爱人"，提出了"己所不欲，勿施于人""己欲立而立人，己欲达而达人"的"忠恕"之道。历史上儒家思想曾一度成为官方思想，仁爱是儒家思想的主要内容，仁爱思想被历代贤哲智士不断弘扬光大。仁爱也是和谐社会的重要思想基础。仁爱讲究奉献，不求索取；仁爱提倡扶危济困，尊老爱幼。仁爱作为一种做人的美德，为古今中外各界有识之士所崇尚。

孟子曰："老吾老及人之老，幼吾幼及人之幼。"

佛祖释迦牟尼说："恨不止恨，唯爱止恨。"

证严法师说："这个世界上没有不可以爱的人。"

李嘉诚说："仁爱不是我的责任，也不是我的义务，而是我的生活方式。"

我国历代仁人志士谱写了许多仁爱的赞歌。

汉文帝是"文景之治"的开创者。他之所以能够创造治国伟业，与他的仁爱思想是分不开的。他在执政期间，要求朝廷百官和地方官吏重视农业：劝民农桑，薄徭役，减赋税，激发农民的生产积极性。汉文帝十三年，汉文帝还下令免除了全国一年田地租税，这在中国封建史上是很少有的。汉文帝还废除了断肢、割鼻、刻肌肤等肉刑，减轻了笞刑，并要求官吏断案从轻，只求大指，不求细苛，使全国刑狱大减。

唐太宗是"贞观盛世"的缔造者。他之所以名垂青史，与他的仁爱治国紧密相连。贞观初年，唐太宗对侍臣说："妇女幽禁在深宫中，情况实在可怜。隋朝末年，无休止地搜求选取宫女，以至于皇帝临时居住的离宫别馆，甚至不是皇帝驾临的处所，都聚有很多宫女。这都是浪费百姓财力的做法，理应废除。而且宫女除了洒水扫地以外，还有什么用呢？现在我打算放她们出宫，任由她们选择丈夫。这不仅可以节省费用，同时可以使百姓休养生息，而且也可使她们各自成全自己的性情。"于是后宫前后一共解放了三千多名宫女。唐太宗在征伐辽东，攻打白岩城时，右卫大将军李思摩被乱箭射中，太宗亲自为他吮血排毒，将士无不受到感动和鼓励。李世民以仁爱治国，示范官吏、深得民心，无疑为唐朝的繁荣富强奠定了基础。

清代著名的晋商乔致庸之所以能成为一个成功的商人，一个重要原因就是他有一颗仁爱之心。乔致庸以天下之利为利，开票号实现汇通天下的目标，不是为了自己发大财，而是为了方便天下商人。开拓武夷山茶路不仅是为了自己发财，更多的是考虑如何解除广大茶农的生活之困。当有人出高价收购他经营的茶市时，他毅然撤出，这是一般的商人很难做到的。大灾之年，他开粥棚救济十万灾民，家人与灾民同锅喝粥，为了支撑粥棚几乎倾家荡产。在乔家门前，常年拴着三头牛，谁家要用，只需招呼一声，便可牵去用一天；每年春节前夕，乔家大门洞开，乔致庸会拉出一扇板车，满载米、面、肉，谁家想要，只要站在门口招招手，便可随意取去。乔致庸就是凭着一颗仁爱之心，凝聚了一大批铁杆伙计，他虽然多次历经灾难，几乎家破人亡，但这些伙计却全力以赴、鼎力相救，一次次使他转危为安、化险为夷，没有伙计在危难时刻离他而去。这全是仁爱之心使然。

可以说，仁爱已经渗透到了中国人的血脉之中，每当遇到大灾大难的时

候就会被激活。

在2008年汶川特大地震灾难来临的时候，中国人的仁爱文化再次闪光耀眼。

蒋小娟敞开胸怀，用自己的乳汁义务喂养灾区孤儿，感动了全国人民。她是四川江油县公安局一名普通的民警，自己的孩子才六个月大，为了救灾将自己的孩子交给了父母照料。在灾区孤儿需要的时候，她毅然敞开自己的胸怀，用甘甜的乳汁挽救他人的孩子，她以实际行动诠释了"幼吾幼以及人之幼"的深刻含义。

宋志永是一个普通的唐山农民。大家在年初的湖南郴州救灾中已经认识了他。当他得知郴州冰冻灾情严重，立即组织十三位老乡租了一辆面包车赶往郴州救灾。听到汶川发生特大地震，心急如焚，乘飞机、坐火车，打出租车，花了五千多元路费，赶往重灾区，冒着生命危险，投入抗震救灾工作。他和十几位农民兄弟从废墟中救出了几条生命，将仁爱文化写在了汶川灾区的土地上。

在这次仁爱大行动中，不仅是我们普通人，而且许多衣食无着落的乞丐和残疾人也加入到了仁爱的行列，更让人感动。在江宁区东新南路的一个募捐点。一名约六十岁的老人来到了募捐点，他头发花白，穿一件蓝色衣服，补丁不计其数，衣服下摆已经破烂，脚上穿一双破烂的凉鞋，手中还拿着一个讨饭碗。老人端着碗，在募捐箱前止步，看了一会，哆哆嗦嗦地从口袋里掏出五元钱，放进募捐箱，念叨了一句："为灾区人民出点力。"但老人的爱心行动没有就此结束，下午三点，这位老人再一次出现，他掏出了一百元，塞进了募捐箱。后来他又向灾区捐款339.01元，合计捐款444.01元。这就是中国的伟大乞丐，富有仁爱精神的乞丐，请大家记住他的名字，他叫徐超。

……

这样的故事还有很多很多，以上三例足以说明，仁爱文化是中国挫而不折、多难兴邦的不竭源泉。

互助文化在抗震救灾中弘扬

"一方有难八方支援"这句话大家都非常熟悉，并流传千古。汶川特大地震给四川等省、市的生命和财产造成了巨大损失，全国人民都沉浸在悲痛之中，但是我们也欣慰地看到，中国的互助文化在四川，在中国，在全球弘扬。有一句话已在媒体和中国人口头流传，这就是："一点很小的善心，乘以13亿，都会变成爱的海洋；一个很大的困难，除以13亿，都会微不足道。"在这一乘一除之间，蕴含着哲理、渗透着信心、折射着爱意、弘扬着文化。

地震灾难来临后，我们到处可以听到"我们都是四川人"的呼声。因为我们都是四川人，因为我们都是一家人，所以家里有困难，理当慷慨解囊、尽力而为、勇于互助、施以援手。

我们感动地看到：许多灾区人们强忍失亲之痛，冒着生命危险，全力以赴抢救废墟底下的生命，使不少生命垂危的人员告别死神，获得新生。

我们感动地看到：人们排成长长的捐款队伍解囊相助，甚至许多乞丐、残疾人都加入了捐款队伍，企业和个人的捐款不断创出新高，这在我国历史上是空前的，爱心已经汇成了海洋。

我们感动地看到：许多城市会集了长长的献血队伍奉献鲜血，尽管灾区受伤人员众多，需要血量很大，但是我们欣喜地闻知，各大城市的血库血源饱和，还有许多准备献血的人员只能等候备选。

我们感动地看到：许多生产企业正在夜以继日、加班加点生产帐篷和活动板房，以争分夺秒的速度解除灾民的居住之困。

我们感动地看到：一些轻灾区的救济款发不下去，轻灾区的百姓不仅不要政府的救济款，而且主动捐款捐物支援重灾区。

我们感动地看到：台湾同胞、海外华人心系四川灾区，以各种方式施以援手，体现血浓于水的同胞情谊。

我们也感动地看到：国际社会和友好邻邦对我国地震灾难给予深切同情和大力支援，纷纷捐献巨款，源源不断地送来帐篷、药品等灾区急需的物资，多个国家还及时派出救险和医疗队伍，抢救废墟底下的受困人员，医治受伤人员，重现了白求恩大夫救治中国伤员的动人场景。

总之，互助的故事、场景不胜枚举。

我们期待：中国人的互助文化能够得到不断弘扬光大。有了互助文化，任何灾难都会望而却步，我们的生活将会更加美好。

学会说谢谢

一看"学会说谢谢"这个标题，有的朋友可能会说，说谢谢还要学习吗？

不假，对于有些人来说，说"谢谢"确实需要学习。

最近，国资委主任李荣融在一次抗震救灾的会议上说："央企要学会说'谢谢'。"

中国化工集团公司总经理任建新强调，系统内企业领导人要学会说"谢谢"。

说"谢谢"，从表面上来看，是一种礼仪、礼貌，是一种人际交往的表达形式，但这种外在的形式是以仁爱、感恩、品德作支撑的。

中华民族是一个重视感恩、注重礼仪的民族，中华民族以礼仪之邦著称于世。关于感恩的典故、贤文、成语、格言、警句非常多，如"滴水之恩，当涌泉相报""谁言寸草心，报得三春晖""知恩图报"等，大家都耳熟能详。

而在我们的现实生活中，有些人特别是强势人群，却不习惯于说"谢谢"，不习惯于对别人的帮助表示谢意，总觉得别人的付出、帮助是应该的。

汶川大地震，给我们每个人都上了生动的一课，其实生死、贵贱、贫富、强弱的转换也就在一瞬间。运动健将也有可能在废墟之下呻吟，亿万富翁也有可能成为灾民，高贵的公主也有可能衣不蔽体。

如果说我们今天的生活比一般人群要好一些，我们应该对社会说"谢谢"；如果我们在困难时得到了别人的帮助，我们应该对为我们提供帮助的人说"谢谢"；如果我们得到了别人的一个微笑，我们应该对他们的善意说"谢谢"；如果我们接受了服务员给我们提供的茶水服务，我们应该对服务员说"谢谢"；如果我们得到交警提供的引导指挥，我们应该对交警说"谢谢"。

总之，我们需要说谢谢的人太多太多。当我们将感激和善意传递给别人的时候，就会给别人带来愉悦和满足，别人又会将这份愉悦和满足传递给下一个人。这样，感激、友好、善意、愉悦、满足就会弥漫在我们周围，继而会充满整个社会。

在汶川大地震中，三岁的郎真被救后，在左手骨折疼痛难忍的情况下，举起右手向解放军叔叔敬礼致谢；许多灾区孩子举着"谢谢"的纸牌子站立路边表示谢意；一些灾区的大娘将从废墟中掏出的粮食熬成稀饭送给救援人员吃，救援人员不吃，她们就不走，以表感激……这样动人的故事还有许多许多，让我们为之动容。

为什么有些人不会说"谢谢"呢？原因大概有二：一是没有向别人表示感谢的习惯。这种人是非常可怕的。可想而知，这种不知报恩的人是难以有好人脉的，而没有好人脉就难以成就事业。二是不善于表达，这些人可能会把对别人的感激存入心底。这种人具有的善意值得肯定，但该表达感激的时候还是应该及时表达为好，出于真心的表达是值得提倡的。

学会说"谢谢"，其实不难。学会说"谢谢"，将会有益。"谢谢"是我们人生道路上的"润滑剂"，多说"谢谢"，可以减少人际摩擦，滋润人际关系，有助成就事业。

希望朋友们都学会说"谢谢"。

王永庆老人一路走好

听到王永庆老人辞世的消息，感到非常震惊。尽管他已到高龄，但据传老人家特别注重保养健身，前些年还参加台塑集团的五千米长跑。生老病死乃是自然规律，谁都无法抗拒。据说老人去得很安详，一觉睡去，自己没有受罪，后代没有受到拖累，在中国人的观念里，这是有福之人。

由于本人是中国文化的爱好者，自然把弘扬中国传统文化的经营之神王永庆作为重点研究对象，购买过一些关于王永庆的图书，对王永庆的苦难经历、为人处世、经营之道稍有了解，觉得他也是值得敬佩的偶像之一。我想王永庆先生留给后人的精神遗产至少有以下几个方面。

一是有自信心。面对人生挫折，始终坚定信心。王永庆今天的辉煌是以青年时代所经历的苦难作基础的，王永庆不是富贵家庭的子孙，过的是清贫的生活。他从小无钱读更多的书，该读书的年代却充当了童工的角色，加入到了打工的行列，承担起养家糊口的重任。但面对苦难，王永庆始终充满自信，心中有一个美好的目标，并且朝着这个目标不懈努力，最终到达成功的彼岸。

二是注重细节。王永庆的人生之所以能够获得成功，与他注重细节是分

不开的。比如他卖米的时候就与别人不同，而是琢磨出了门道。他将米中的石子挑掉，顾客就喜欢买他的米；他送米上门，周到的服务为年纪大的老人提供了方便；他送米上门时，顺便了解主人家的人数，估算出下次送米的时间；他在倒新米到米桶之前会帮助主人将存米掏出来放在新米上面，免得造成存米压在下面变质。这样的服务，要想生意不好都难。以上仅是王永庆注重细节的冰山一角，但足以说明问题。

三是节俭的习惯。老子将节俭作为人生之宝。王永庆一生无论清贫之时还是豪富之时，始终恪守节俭的习惯。一位朋友曾介绍，年事已高、功成名就之后的王永庆仍然用一方打了补丁的毛巾。老人在生活方面非常简朴。对奢侈浪费，深恶痛绝。王永庆的节俭价值观深深地影响着台塑的每一位员工。

四是仁爱之心。王永庆一生奉行钱财取之于社会用之于社会，他是台湾地区的首富，也是慈善事业的倡导者和践行者，为台湾地区和大陆捐赠了大量的钱财。汶川发生特大地震后，王永庆在第一时间捐款一亿元，是个人捐赠最多者之一。王永庆的善举影响和带动了海峡两岸的许多企业家。据说王永庆还制订了在大陆建一万所学校的计划，他老人家虽然西去，这个计划将会如期实施，也是台塑继任者对老人最大的孝行。

总之，王永庆是一个伟大的中国人，是一位值得我们学习的楷模。

愿王永庆老人一路走好！

没有文化的振兴难有民族的复兴

在孔夫子诞辰2560周年之际，我国文化产业振兴规划终于出台。特以此文表达对我国伟大的思想家、教育家、哲学家孔夫子的深情纪念。

继钢铁、汽车、船舶、石化、纺织、轻工、有色金属、装备制造、电子信息、物流等十大产业调整和振兴规划出台之后，文化产业振兴规划正式出台面世，标志着我国政府将文化产业提升到了国家战略层面，令国人欢欣鼓舞。

文化产业作为一种重要的经济形态，已经成为很多发达国家国民经济中的支柱产业。世界上许多国家将振兴文化产业提升到国家战略的高度。

我们中国人民都感受了"端午节"被韩国申报世界非物质文化遗产的尴尬；我们中国千万家庭都遭受了"韩剧"的浸染。这些结果背后的原因是韩国政府在1998年提出了"文化立国"的方略，他们决定把文化产业当作21世纪一个战略性产业来发展，加大了对文化产业的支持力度。结果不到十年时间，韩国文化娱乐产业的规模扩大了五倍以上，韩国的影视剧席卷了包括中国在内的世界许多国家。

我们的邻国日本也提出了"文化立国"方略，日本的动漫产品曾影响了

中国几代人。新加坡将创意产业定为21世纪的战略产业，从中得到了丰厚的回报。美国、英国、法国、德国、意大利等发达国家更是将文化产业列入优先发展的战略地位，它们的文化产业在国民经济中占据较大比重。美国的文化产品出口额每年在七百亿美元以上，超过汽车和航空工业。

反观我们中国，中华民族有着五千年的文明史，三皇五帝、夏周秦汉、唐宋明清，中华民族生生不息；老庄学说、孔孟之道体现了中华民族的哲学思想；四大发明、中医书法折射出中华民族的聪明智慧；离骚史记、唐诗宋词镌刻着中华民族的道德文章；万里长城、人工运河凝结着中华民族的勤劳勇敢；"神六"飞天、"嫦娥"奔月谱写了中华民族的崭新篇章。纵观寰宇，傲视苍穹，谁能与我中华民族媲美？古埃及文明、古巴比伦文明、古印度文明，何处能觅踪影？无情有序的历史将它们割断。只有我中华文明历经千代、饱经沧桑、连绵不绝、万世流芳。我国有着丰富的文化资源，无数的典故传说都可以加工成精妙绝伦的文化产品，但是如此丰富的文化资源却大都长眠未醒、无人问津，没有得到开发利用。

究其原因在于近一百多年来，我们菲薄了历史，丧失了民族自信，在极"左"思潮的影响下，不分青红皂白，打倒了孔家店，全面否定了中国传统文化，将"孩子"与"洗澡水"一同泼了出去。加之自鸦片战争以来，西方文化的全面入侵，崇洋媚外之风盛行。时至今日，电影院里放的是美国大片，书架上占据主导的是西方人的图书，长期以来学习英语风靡全国，中国的许多大学生为英语考级过关而奔忙，消磨了宝贵的青春。近二十年来，中国在英语上花费了大量的教育资源。

中国传统文化被深深埋在了泥沙之下，中国人一直捧着"金饭碗"在要饭吃。中国文化已经到了危险的境地，令许多有识之士忧心忡忡。世界历史已经证明，要消灭一个民族不用消灭这个民族的肉体，只需要消灭这个民族的文化。中华民族的伟大复兴，不仅要GDP发展，而且要文化振兴，没有文化的振兴难有民族的复兴。

中国人依靠廉价的劳动力换取了大量美元，推动了GDP的大幅度提升，然而带来的后果却是消耗了老祖宗留下的宝贵资源，破坏了人类生存的自然环境。频发的矿难事故、河流污染及澳大利亚"力拓门"事件，都向我们敲响了警钟，这种违背科学发展规律的行为已经遭到了大自然的报复，遇到了不可持续的困境。该是调整我们产业发展战略的时候了！

中国发展文化产业有着得天独厚的条件，世界人民经过长期的探索比较，越来越认识到中国文化的普世价值。当我国还有许多人在崇洋媚外、数典忘祖的时候，西方上层社会却以学习中国文化为时髦，《孙子兵法》是西方发达国家商学院的必修课，《论语》是日本企业家的必读经典。亚洲许多国家的大学生把汉语当作第一外语，西方许多国家退休老人争相参加汉语培训班，汲取中国文化智慧，滋补心灵。

振兴中国文化产业已经迎来了天时、地利与人和的良机，文化产业振兴规划已经明确了指导思想、基本原则、规划目标、重点任务、政策措施和保障条件。政府将会降低准入门槛，加大政府投入，在金融、税收等方面对文化产业给予支持。

经济基础决定上层建筑，上层建筑又反作用于经济基础。我们有理由相信，随着文化产业振兴规划的出台，政策措施的到位，将会极大地激发中国人的聪明才智，文化产品将会泉涌奔流，中国优秀传统文化将会在华夏大地蓬勃复苏，将会大步走向世界，成为影响世界的重要力量。中国文化产业的振兴，将使我们收获经济和文化双重丰收，将会加速推进中华民族的伟大复兴。

让我们张开双臂，拥抱中国文化产业振兴和中华民族复兴的春天！

第二篇　人性之光

给牛肉注水是一种既缺德又不经济的行为

人类是最聪明的动物，同时又是最愚蠢的动物。因为战争等人祸造成的损失远远大于天灾。据有关资料统计，第二次世界大战总计死亡人数为五千五百多万人。美国人在日本广岛投掷的原子弹摧毁了广岛 80% 的建筑物，致使 7.8 万人死亡，18 万人受伤，这些受伤者在遭受病痛的折磨之后，大都死于白血病，并且蘑菇云留下的后遗症将会长期损伤日本人乃至世界上人们的健康。

人类的愚蠢还不只表现在战场，还呈现在商场。不法商人将三聚氰胺加在了牛奶里，使孩子吃了长出肾结石，有的丧失生命；有的商人将工业酒精勾兑成白酒，使消费者致盲甚至死亡；还有的商人将不洁之水注入牛肉里，不仅破坏牛肉品质，而且带来食品风险。牛肉注水早已不是一个新鲜话题，但这个问题长期得不到解决并且成为一种潜规则就是一个大问题，就是社会的一种悲哀。

上海市在人们的印象中是一个管理有方的城市，浦东的建筑不亚于顶尖的欧美的建筑，2010 年这里举办了举世瞩目的世博会，有 230 多个国家和国际组织参会。如今的上海已经是世界知名的国际化大都市，但其"软件环境"如何呢？据多家媒体报道，上海市的菜蓝子也出现了一些问题，多家菜市场及超市出现了注水牛肉，即使在"3·15"消费者权益保护日，注水牛肉仍然在继续销售。据业内人士介绍，牛肉注水早已是业内的潜规则。

上海市场的牛肉主要来自浙江嘉善。暗访的记者在屠宰场看到了一幕幕不堪入目的镜头：屠宰人员将牛头固定在一个铁架上，将一根塑料管插进牛鼻孔，直到把牛鼻子插出血后，再接上水龙头。五分钟过后，牛肚子圆了起来，浑身都在发抖，还不时口吐白沫。屠宰人员摸摸它的肚子，估量还能不能继续灌水。就这样，足足灌了两个多小时，屠宰人员才把牛杀了，把牛皮剥掉，再次插水管到牛肉里灌水，直到满出来为止。一般情况下，一头300千克重的牛，能灌进40千克到75千克水。也就是说，500克牛肉里，会有100克到150克水。更令人可怕的是，屠宰场给牛灌的水并不是自来水，而是污水，非常不卫生。在一些靠近河流的屠宰场，他们就直接从河里抽水上来灌。这样加工出来的注水肉，会对人体健康构成直接威胁。

一位较真的上海网友做了一次实验：分别从四家超市买回400克牛后腿肉，再托朋友从乡下买回400克现杀牛肉，然后严格按同样步骤加调料烹饪，再分别称出熟牛肉的重量。结果是，乡下买回的现杀牛肉为328克重，四家超市的熟牛肉在206克至244克之间，超市牛肉比乡下现杀牛肉少了100克左右，可见超市牛肉注水是何等严重。

其实牛肉注水不仅出现在上海市的菜市场，全国许多地方都存在这种现象。当我们十分不满牛肉注水的现象的时候，更应该分析牛肉注水为何能成为潜规划。

所谓的潜规则，是指不成文的上不了台面的一些暗箱操作的规定和原则。牛肉注水的危害性显而易见，之所以成为潜规则主要有以下几个原因。

一是人性的贪婪。最初市场上是不存在注水牛肉的，当大家都不注水的时候，经营者会将价格定在合理的范围，大家都能够获利。贪婪的经营者发现了牛肉纤维组织丰富，能够吸纳较多的水分后，就打起了注水的坏主

意，当注水牛肉以不注水牛肉的市场定价销售后，一般可增加20%左右的利润。

二是消费者缺乏常识。消费者一般没有辨别牛肉是否注水的常识，因为在消费者的心目中根本没想到经营者会往牛肉里注水，有的甚至会优先选择水灵光泽的牛肉。由于消费者缺乏常识，注水牛肉反而更受消费者青睐，这给缺德经营者可乘之机。

三是监管不力。我国食品监管牵涉到卫生、防疫、质检、工商、税务等多个机构，九龙治水、政出多门、效率低下。不出问题时谁都强调自己的管理权限，一旦出现问题就相互扯皮推诿，谁都可以不负责任。

四是法律存在空档。据有关专家介绍，我国还没有处理牛肉注水的法律条文，只能比照相关违法行为进行处理。监管体制的混乱、法律条文的空白和监管人员的失职，给牛肉注水行为的长期存在提供了土壤。

解决牛肉注水问题的治本之策如下。

一是要使经营者明白牛肉注水是不经济的行为。诱发经营者往牛肉里注水的动因是利益，是人性的贪婪。其实牛肉注水是不经济的行为。因为牛肉注水属于简单劳动，没有技术壁垒，这种行为很快会被其他经营者仿效。当牛肉注水成了潜规划之后，牛肉经营商注水后的盈利与都不注水时的盈利是相当的。当注水行为转化为行业普遍行为时，注水行为不仅不能给经营者带来超额利润，反而给经营者增加了注水工序的无效劳动。此外，注水牛肉的经营者还得承受消费者的谴责以及承担管理部门查处的风险。因此，牛肉注水是不经济的行为。

二是要使经营者明白牛肉注水是一种缺德的行为。中国是一个文明古国，我们炎黄子孙的血液里流淌着仁、义、礼、智、信的基因。这种基因一旦得到激活，将会带来和谐之声。我们的管理者要研究人情人性，有时刚性的法规显得苍白无力，而柔性的传统文化则更具威力。有的人虽然敢藐视法规，却惧怕受到道德的谴责；有的人对于违犯法规会不太在意，而对于缺德的谴责却很看重。双星集团汪海总裁曾经介绍，他们厂里每天生产10多万双鞋子，却没有一个检验员，他们靠的是文化和经济两种手段。双星集团已经形成了生产优质产品就是积德行善，生产不合格产品就是缺德的文化氛围。另外，双星集团规定，不合格产品是谁生产的就卖给谁。有了这"两手"，双星集团在没有检验员的情况下仍然保证了产品质量。汪海的这一套中国式管理理念和方法值得我们学习借鉴。往牛肉里注水是一种残忍的缺德行为，牛被注水的惨痛状会使善良的人不忍下手，消费者食用注水牛肉而影响健康会使经营者的心灵不安。另外，还应该使注水者明白，当你在往牛肉里注水损害别人的利益时候，别人也在往牛奶里加三聚氰胺、给鸭子喂苏丹红、用工业酒精制造白酒；当你在害别人的时候，别人也会在害你。只有所有的经营者都以仁爱之心，诚信之心经营，才是人间正道，才会取得共赢。诚实经营应当从我做起，从现在做起。

三是对经营者要进行岗前培训。市场经济的发展为经营者提供了舞台，每天都有成千上万的企业和个体户注册开业。我国现有的管理制度对开业经营的注册资金、经营场所、业务领域等硬条件有相应的规定，而没有对经营者上岗前的教育培训提出要求。如果能够对经营者上岗前进行法规和道德的教育培训，使他们预先知道：能干什么，不能干什么；哪些事是合法的，哪些事是违法的。这可以有效减少违法违规行为的发生。因此，经营者上岗前的培训非常重要。

解决牛肉注水问题是一项系统工程，以上主要讨论了自律和培训方面的问题。但愿那些财迷心窍、利令智昏的人逐渐清醒，停止给牛肉注水之类既缺德又不经济的行为。

应重视防范诚信风险

——昌黎葡萄酒造假引发的思考之一

中央电视台《焦点访谈》曝光昌黎葡萄酒造假新闻之后，全国许多商场、超市的昌黎产葡萄酒纷纷下架，这对昌黎的经济造成严重损失，对昌黎的形象造成极大的损害。这是一件令人痛心的事件。

我们注意到，河北省、秦皇岛市、昌黎县三级政府及质监、工商、行业协会等条条块块的相关人员迅速反应，纷纷行动，在事件发生后积极惩处造假企业和人员，健全监管制度，修复受损形象。我们在为他们的亡羊补牢行为给予肯定的同时，不禁要问，昌黎葡萄酒造假能够形成如此长的产业链，发展成为如此大规模，使那么多青睐昌黎葡萄酒的消费者受害，是短时间内能够做到的吗？俗话说，冰冻三尺非一日之寒，那么多以为人民服务为宗旨的领导干部，以民为本、忠于职守的监管人员难道在《焦点访谈》曝光之前就不知道发生在身边的葡萄酒造假现象？或发现了为何听之任之？

试问昌黎的领导干部和监管人员，你们喝不喝用化工原料勾兑生产的葡萄酒？如果你们自己不喝，怎么忍心让信任你们的消费者喝呢！

随着人民生活水平的提高，我国葡萄酒市场将会得到快速发展，专家称今后十年将是葡萄酒产业的黄金发展期，每年的增长速度会在20%以上。"沉船侧傍千帆过，病树前头万木春。"昌黎将为造假失信付出沉重的代价。

昌黎生产葡萄酒的企业不少，用化工原料勾兑生产假葡萄酒的企业可能仅是少数，但不能苛求普通消费者能够辨别谁真谁假。在商品极大丰富的今天，以我作为消费者而论，我在购买葡萄酒的时候不会再选择昌黎产的葡萄酒，我想多数消费会有这种心理。由此说明，昌黎获得"原产地域产品·昌黎葡萄酒""地理标志产品·昌黎葡萄酒"的美誉花了四百多年时间，而使这块金字招牌坍塌却在一夜之间，可见失信的危害有多大！对于一家企业或一个地域来说，失信的危害是致命的，由此造成的阴影可能长期挥之不去。据媒体称，2002年和2007年央视分别对吉林通化和河南民权两大葡萄酒产区存在的问题进行曝光后，这两大产地的葡萄酒销量较以前大量减少，甚至部分企业至今未摆脱经营困局。

我们高兴地看到我国的经济总量已经跃居世界第二，但我们也应当清醒地认识到我国的世界驰名品牌（商标）少得可怜，我国多数企业挣取的仅是微笑曲线下巴尖上的一点利润。驰名品牌是要经受时间洗礼、市场考验、消费者信赖的，打造驰名品牌不仅需要企业的长期努力，而且需要良好的外部环境。

三聚氰胺已经将三鹿等著名乳品企业送上了不归路，使蒙牛等一大批乳品企业受损，化工原料将使昌黎葡萄酒企业受到伤害，将使昌黎的经济遭受重创。

我们的市场诚信还存在太多的问题，我们发展驰名品牌的道路还很长很长。而市场诚信建设是绕不过去的问题，发展更多的驰名品牌是我们追求的目标。要解决诚信建设问题，发展更多的驰名品牌，必须更加重视防范诚信风险。

当今在讨论防范风险问题时，对战略风险、财务风险、市场风险、运营

风险、法律风险的话题较多，而诚信风险没有被足够重视。纵观古今中外的历史，由于诚信风险导致失败的案例屡见不鲜、比比皆是。富可敌国的雷曼兄弟倒闭、前纳斯达克股票市场公司前董事会主席麦道夫入狱、原三鹿集团董事长田文华的判刑都是诚信风险防范不当的结果。

防范诚信风险是科学发展和转变经济发展方式的应有之义。在以科学发展为主题，以转变经济发展方式为主线的背景下，在追求适度发展速度的同时，政府和企业要更加重视诚信风险防范。有些地方在防范诚信风险方面下足了功夫，见到了成效。如云南腾冲是亚洲最大的翡翠(玉)加工和集散地，腾冲因翡翠而闻名海内外。俗话说："黄金有价翡翠无价。"珍贵无价的翡翠难为一般消费者辨别，因此商家的自律和政府的监管显得尤为重要。腾冲县政府在防范诚信风险方面下足了功夫，出台了一系列监管制度，较好地维护了腾冲翡翠市场的信誉。建华有机会去了一趟腾冲，转了几个翡翠市场，走访了不少商家，他们几乎异口同声政府监管得严。按照商家通俗的说法，腾冲市场买的都是A货（即真品），明码标价，如果发现假货，商家之间相互举报，监管部门及时惩处，并不只是以罚代管，而是永远逐出腾冲市场。逐出腾冲市场这一招使商家最害怕，因为做翡翠生意的商家进不了腾冲市场相当于在这个行业被边缘化，难有大的发展机会，因此，商家都珍惜自己的声誉。腾冲的翡翠市场也名声远播，兴旺发达。为了开发腾冲县的旅游资源，几年前获批建成了全国少有的县级机场。腾冲机场的建成和航线的开通即是对腾冲翡翠市场讲究诚信的诠释，因为八方游客来到腾冲除了欣赏火山、热海、温泉之外，还有一个重要的动机是到腾冲购买心仪的翡翠真货。

腾冲翡翠商家的自律和政府的有效监管为防范诚信风险作出了有益的探索和实践，值得拥有"原产地域产品""地理标志产品"美誉的地方政府借鉴。地方政府领导应当将过度追求GDP指标的思路转变到营造良好发展环境上。诚信是良好发展环境的重要组成部分，规范市场是政府的重要职责。一些地方常常只将诚信看作软环境、软任务、软指标，而忽视了它的重要意义。我国先哲老子说："有生于无""道生一，一生二，二生三，三生万物"。其实软与硬是相辅相成的，有时软比硬更具有长远意义。对于人来说，牙齿很坚硬，舌头很柔软，牙齿可以"下岗退休"，舌头却与生命共存。在开启国民经济和社会发展十二五规划、建设和谐社会、全面建成小康社会的时期，防范诚信风险应当列入政府和企业的重要议事日程。

"前事不忘，后事之师"。我们希望地方政府和相关企业能从昌黎葡萄酒造假事件中汲取教训，为弘扬诚信文化，防范诚信风险，规范市场环境，发展驰名品牌，打造百年企业迈出坚实步伐。

第二篇　人性之光

应将诚信作为官员考核的重要内容

——昌黎葡萄酒造假引发的思考之二

坊间流传的"中国人的幸福生活"戏称：中国人早餐吃地沟油炸的油条，中餐吃瘦肉精喂养的猪肉，晚餐吃带有农药残留的蔬菜，晚上睡黑心棉被子。诙谐地表达了假冒伪劣产品无处不在现象。许多国人不禁发问：我们还能放心吃什么？我们还敢吃什么？

假冒伪劣已经盛行大江南北，诚信缺失已经危害神州大地。诚信已成为历年"两会"的重要话题。人们都期待着诚信归来，失信绝迹。

应当说有关部门在诚信建设方面做了很多工作，相关法律法规不断出台，执法队伍不断扩大，受到法律制裁的人员不断增加。但效果却不尽如人意，假冒伪劣产品可谓是"野火烧不尽，春风吹又生"。

加强诚信建设领导是关键。孔子曾教导我们："君子之德风，小人之德草。草上之风，必偃。"意思就是官员的品德对群众具有示范作用。俗话说："村看村，户看户，群众看干部。"

诚信是官员个人修养的重要内容。《增广贤文》说："人而无信，不知其可。"一个没有诚信的官员是无法得到群众拥护的，因为群众不知道他到底要干什么，会有什么样的结果。

官员是否重视弘扬诚信文化，防范诚信风险对一个地区和一个部门的健康发展至关重要。当今频繁出现的"造假一条街""造假一个村"要说当地政府官员和监管人员不知情，从逻辑上是很难说得过去的。知道而不治理的主要原因：一是GDP崇拜，怕打假会影响当地经济增长；二是怕动真格得罪人，失掉选票，影响前程；三是与自己有利益瓜葛，吃了人家的嘴软，拿了人家的手短。总之，某个地区假冒伪劣泛滥成灾必定与当地官员和监管人员渎职、失职和犯罪相关联。

加强诚信建设必须提高对诚信意义的认识，将诚信建设的业绩与官员政绩挂钩并且增加考核的权重。如果能够将诚信作为昌黎县政府官员和监管人员考核的重要内容，那么昌黎县的葡萄酒造假肯定不会如此猖獗，后果不会如此悲惨。

我们希望三聚氰胺事件的伤痛，化学原料勾兑葡萄酒的悲剧，地沟油炸油条的乱象不要如此频繁地重演，让消费者多一分放心，少一分埋怨。

为官一方的官员、专司其职的监管人员，都应当加强道德修养，弘扬诚信文化，提高诚信素质，培养诚信习惯。为树立良好的社会风气和建设规范的市场环境作出表率。

管理官员的部门应当与时俱进，在落实科学发展观，转变经济发展方式的新形势下，调整官员的考核指标，淡化GDP指标和短期行为，增加防范诚信风险，营造良好环境，规范市场秩序的长效内容。

对于屡屡发生严重造假行为的地区，除了严惩直接责任人员之外，必须追究相关官员和监管人员的责任，决不姑息迁就。谁对群众不负责，谁就没有资格领导群众，谁就不配当人民的公务员。

防范诚信风险，加强诚信建设是一项长期而艰巨的任务，需要做好多方面的工作，将诚信作为官员考核的重要内容无疑是一项重要举措。

第二篇　人性之光

有感于钱学森先生要香港记者讲中文

　　一天晚上看了一段央视一套播出的《五星红旗迎风飘扬》电视连续剧，其中有这样一个镜头：在中国政府的斡旋下，美国政府准许钱学森先生回国。钱先生历经艰辛，从美国乘船到达香港。他是被美国人认为顶得上五个师的科学家，美国政府同意钱先生回国，被认为是最愚蠢的政府。钱先生来到香港自然是一大新闻，一些国外记者和香港记者对钱先生进行了采访。钱先生巧妙地回答了美国等国外记者的刁钻提问。当有香港记者用英语向钱先生提问时，钱先生说：香港是中国领土，作为香港记者请您用中文提问，并拒绝回答香港记者的英语提问。

　　人们常说：科学是无国界的，但科学家是有国界的。钱先生始终心怀强烈的爱国热情，他放弃在美国优厚的待遇，甚至不畏政治迫害，毅然决然回到了贫穷落后的祖国。他们牵头组织了我国的导弹、原子弹的研制工作，克服了难以想象的困难，而且默默无闻。"两弹一星"发射成功，极大地提高了我国的国际地位。钱先生的品德、学识受到了中国乃至世界人们的景仰。

　　一般的科学家需要金钱激励才能取得科研成果，杰出科学家的杰出成果不是能够用金钱激励出来的。而是需要爱国热情、民族自信和奉献精神。在钱先生的身上体现了中国知识分子的爱国热情，始终将个人的前途和命运与祖国繁荣昌盛联系在一起。既具有张载倡导的"为天地立心，为生民立命，为往圣继绝学，为万世开太平"的豪气，又不乏林则徐尊崇的"苟利国家生死以，岂因祸福趋避之"的牺牲精神。爱国、自信、奉献是钱先生成为杰出科学家的秘诀。

钱先生对民族充满自信，尽管新中国建立在一穷二白的废墟之上，工业基础十分薄弱，美国人用了十多年搞出来的导弹，钱先生表示只要用五至七年就可以搞出来，这是何等的气魄，何等的自信！因为他相信中国人的智慧，相信中国体制的优势。他一向反对崇洋媚外，被美国无理监禁后，克服重重困难回到祖国。离开美国后他表示，如果美国人不向他赔礼道歉，他一辈子都不会再踏上美国土地。他曾获得在美国颁发的国际大奖，但他拒绝前往领奖。钱先生的品德、骨气令世人敬佩。钱先生拒绝香港记者用英语提问体现了钱先生的民族自信。钱先生回国后的日子里，在正式场合从不用英语发言，并非他的英语水平不高，而是时刻维护着民族尊严。

反观今日之中国，崇洋媚外盛行，数典忘祖皆是。书架上摆满了洋人的图书，培训场所洋培训师成为了主角，一些人不分场合满嘴杂夹洋文，以显得自己与洋沾边而自得。其实，一个没有自信的民族是一个没有前途的民族，一个挟洋自重的人是无根浮萍。我们应该向钱先生学习，汲取钱先生的爱国、自信和奉献的大智慧，将会获得更大的人生动力，更美好的人生境界。

车上备绳子的的哥

一天中午，建华一招手坐上了新月公司刘宝国师傅的出租车，宝国师傅身体健壮、幽默健谈。

宝国师傅幽默地说："我们的哥的眼睛像'贼'一样，一路上扫描着周边的动向，只要路边行人有伸手、探头的动作，就知道他想打车，敏感地捕捉到生意信息。"

我问宝国师傅："出租车调价后，收入提高了一些吧？"

宝国师傅说："调不调价都挺好的，每月能有五六千元收入，挺知足的。现在国家政策好，老百姓的生活比以前的皇帝都好。现在出门打车，外出有高铁有飞机非常方便。我以前在企业工作时，到天津办事像出远门，得在天津住一宿，现在半小时就能到天津。现在手机可以上网，手指一动就知道天下事，以前皇帝都比不上咱们。有些人老不知足，总喜欢骂政府这不对，那不行，我一听就不乐意。有些人崇洋媚外，开口就说西方好美国好。碰到这些人，我就说：'人家好是人家的，你在人家老外眼里算个屁，自己看不起自己，别人怎么会看得起你？'"

宝国师傅还说："我们一普通公民，首先是不给政府添乱；其次是支持政府，尽一个公民的义务。如果跟日本鬼子开战，我立马报名上前线。以前有些地方的人不想拉他，现在照拉不误，我车上备了根绳子，如果碰上搞分裂的坏人我立马把他绑起来送到公安局去。"

我说："你不害怕吗？"

宝国师傅说："我不怕，我学过擒拿格斗。"

我说："敬佩宝国师傅，您从小就受过正统教育吧？"

宝国师傅说："我父亲是北京市劳动模范，老爷子对我们哥儿四个教育特别严格，要我们做好人，为国家多做贡献。从小就受老爷子影响，路上碰上老人、病人等需要帮助的人，别人不停车，我会主动停车，主动把病人送往医院，把摔倒的老人扶起来送到家，从不计较钱的事，咱不差这点钱。"

我为的哥宝国的精神境界感动。我非常赞同宝国师傅的观点，佩服宝国师傅的行动。

我告诉宝国师傅："咱们是志趣相投，我长期通过博客、微博、微信、讲课、出书等多种方式弘扬传统文化、增强民族自信，反对崇洋媚外，传播正能量。"

下车时，我祝福宝国师傅开心幸福！好人好报！

让我们为陈宝国师傅点个赞！

我的书法情缘

书法是中国的国粹。我与书法有着不解之缘。

2013年8月，我由中国化工集团公司办公室调到监事部任主任。中国化工是大监督体系，集纪检、监察、法律、审计、信访维稳等监督职能于一体。我到监事部工作后，每天诸事繁忙，尤其是经常接待、处理上访、缠访工作，承担着巨大心理压力，常常为一些滞留在集团公司的上访老户而担惊受怕，难以入眠。

信访维稳是当今中国的一大难事，不少信访维稳部门的干部由于长期接待上访人员，常常处于紧张、无奈的负面情绪之中，以致失眠、焦虑，导致健康受损。

我不由得思考，如何能够走出负面情绪，缓解心理压力呢？经过认真思考，我想到了，通过学习中国传统文化，练习书法修身养性、排解忧虑、享受快乐。因此，从2013年10月开始，坚持每天晚上睡觉前练习书法，从12月开始每天写一章《道德经》，配以简要解读在微博圈与朋友分享。

最难的是坚持，最容易的也是坚持，我曾承诺每天早晨与朋友分享一章《道德经》，历时81天没有一天爽约，即使春节在老家应酬频繁，也未曾间断，因为每天都有不少朋友在等着分享我书写的《道德经》。我的《道德经》书法作品受到许多朋友的青睐、点赞、评论，我也从中享受到了快乐与幸福。

我通过微信平台建议、鼓励朋友加入练习书法行列，并开展了"家和万事兴"征联活动，先后有二十多位朋友参与，我为每位参加征联的朋友书写了一幅书法作品，有的发去照片，有的送上原件。征联活动吸引了更多朋友关注书法，一批朋友由"激动"到"行动"，陆续加入到了练习书法的行列。其中魏章仲先生、吴卫明先生、眭琼女士还在圈内晒出了自己的书法作品。

在坚持中，我的书法水平尤其隶书有了一定长进。我的进步还得到了书法协会专家的认可，经过专家推荐，严格考核，已被批准加入了隶属于中国书法家协会的中国化工书画协会（会员编号为14218），这是对我练习书法的鼓励与鞭策。

一些朋友问我："以前怎么不知道你练习书法，你书法的进步怎么这样快啊？"

在此，我要告诉朋友们的是：练习书法不是短期之功，书法是一种需要长期坚持才能见成效的艺术。

我在调查中了解到，现在年轻人练习书法的较少，尤其是电脑普及后，别说写毛笔字，就是硬笔字也写得少了。稍有年龄的朋友都有过练习书法的经历，许多朋友家里存有文房四宝，但坚持下来的为数不多。为什么呢？主要原因是生活节奏太快，工作繁忙，还有一个重要原因是练习书法难以很快见到长进，继而失去自信，认为自己不是练书法的料，就把练习书法的事搁置了。

借此机会，向朋友讲述我练习书法的渊源与心路历程。

其实，我从小就练过书法。我从一岁两个月起就跟外公外婆一起生活。外公是一位读过十年私塾的老夫子，至今我还记得，每到夏天的晚上，许多村民就会聚集到我们家听外公说书，我特别敬佩外公的记忆力，《隋唐演

第二篇 人性之光

义》《薛仁贵征东》《薛丁山征西》等历史故事外公基本上能够背下来。外公躺在摇椅上有板有眼、娓娓道来，每晚都会说上一个多小时，扣人心弦处，一句"欲知后事如何，且听明晚分解"便戛然而止。外公除了说书，开口闭口《增广贤文》之外，还写得一手好字，楷体写的和印刷体没有多大差别，家里的家具农具上，都有老人家的墨迹。等我上学读书后，外公就教我写毛笔字，使我自小对笔墨纸砚有了一定的感性认识。外公还教我用手裁纸，这一童子功，一直伴随着我，不时派上用场。

当时农村能写毛笔字的人不太多，而每年过春节，家家都时兴贴春联，从大门到房门，从厨房到猪圈，大对小联要贴个遍。农家不管有钱没钱，家家户户都要买几张红纸写春联。我们家属于备有文房四宝，能够写毛笔字的人家，于是，几乎全村的人都把红纸送到我们家请我们帮写春联。一开始主要由外公写，后来外公年岁大了，这活主要由我来传承。农村人也不太讲究，不论字是否写得好，只要认得就可以，图的是红春联上的吉利话。如果说我的书法水平能得到一定提高的话，是用别人的纸练出来的，在这个过程中即帮助了别人，也成就了自己，正所谓"送人玫瑰，手有余香"。

我结婚成家后，很少有时间练习书法。参加工作后，主要练习硬笔书法。当时星火化工厂在工会主席马成功先生的组织示范下，营造了练习硬笔书法的浓厚氛围，形成了一个练习硬笔书法的圈子。不少年轻人加入其中，经常组织活动，有的硬笔字水平较高，在省市县参赛中获奖。我曾参加江西省纪念抗日战争胜利书法展，获得优秀作品奖，并且成为江西省硬笔书法协会会员。

1996年底星火化工厂加盟蓝星公司后，我于1997年从星火化工厂调到北京蓝星总部工作，先后担任蓝星集团公司人事处长、组织处长、政策法规办主任、监事办主任，蓝星文化产业公司总经理、党委书记，《信息早报》总编辑、党委书记，中国化工集团公司政策法规部主任、主任级办公室副主任、监事部主任等职务，十多年来，不断承担新任务，接受新挑战，加之任建新总经理身体力行"五加二""白加黑"工作模式，我们这些在他身边工作的下属不仅工作日的八小时任务饱和，而且大部分节假日和业余时间都用于工作。加之我从2005年开始，利用业余时间，每年出版一本专著，因此，很少有时间练习书法，以致笔架和宣纸都染上厚厚的灰尘。

但书法情缘常常进入我的梦境，我总是安慰自己，退休后，有时间好好练习书法，也算是一种心安理得的安慰。

这次重新坚持练习书法，除了以上讲的排解烦恼、调整情绪、修身养性之外，还有其他一些因素，促成我的坚持，提供不竭动力。

我家小凡宝今年四岁了，是一个爱好学习的孩子，在我们家人的熏陶下，小凡宝一岁七个月，就能背诵由中华炎黄文化研究会理事陈汉东先生编撰的56个成语组成的《中华文化之歌》。有一次，陈汉东先生来我家，听了小凡宝的背诵之后，无限感慨地说："小凡宝是我的最小粉丝，一岁七个月；最大的粉丝是周有光先生一百零七岁。"小凡宝一天天长大，学习求知欲与日俱增，我想在她的知识结构中，要增加中国传统文化和中国书法的份额。为了能教好小凡宝练习书法，我这个爷爷得自己补好课，练好功。为了能教小凡宝练习书法，也是我坚持练习书法的重要动因。

还有一个因素，书法是一个人内涵的体现。我听过李燕杰先生的多场演讲，李燕杰排名共和国四大演讲家之首，他的演讲影响了几代青年人。李燕杰先生年近八十仍然登台演讲，他的演讲艺术炉火纯青、动人心弦。近年来，他每次演讲都带来他的书法作品，作为演讲的一个插曲，在演讲过程中送给他提问时积极应答的听众，将演讲推向一个又一个高潮。因为人们不仅敬佩他精彩的演讲，而且崇拜他那高水平的书法。因为大家知道，一幅好的书法作品，凝聚着作者的才气、底蕴和坚韧。不用多长时间，一个有胆量口才好的演讲者可以将学来的几句富有哲理的话在讲台上讲得口若悬河、慷慨激昂，令听众心潮澎湃、如醉如痴，而一个演讲者却无法在短期内使书法作品拿得出手、显出功底。因为练好书法需要慢功夫，这可以从"冰冻三尺，

非一日之寒"这句古语中得到诠释。

我从李燕杰先生的书法作品中深受启迪，后来也步其后尘进行过尝试，也在我的一些演讲场合送出我的书法作品，同样受到听众的欢迎与好评，取得良好效果，其中有些场合在我的博客中有记载。

再就是，人生是一个过程，无论年龄多大，每个人都会面临退休，时间早晚而已。每个朋友都会规划自己的退休生活，有的准备练习画画，有的准备练习书法，有的准备练习音乐，各有所长，各取所需。我想说的是，人生的规划与行动，不一定要等到退休之后才开始实施，最好安排个过渡期，比如练习书法，就可以从现在开始，趁着身体还好，眼睛不太花的时间开始把基本功打好，到退休后再练就是在一个较高层次上提升了，那时得到的享受会更不一样。

人生三品富贵雅，前面的两项富与贵主要是外界赋予的，得来容易，失去也容易。唯有这个雅，它是靠自己长期练就的，融入人的精神与血脉，是谁也拿不走的，将会伴随一个人的终身。每个人来到这个世界走一趟，得留下点什么，这样人生才有意义。钱财与房产都不是你的，唯有文化能够久远。有些官场和职场人士，除了当领导、打官腔外，一无所长，在位时挺充实，挺自豪、挺威严，而一旦年老退休，就无所事事，备感失落，每天早上看太阳升起，傍晚看太阳落山，很快就会忧郁成疾，撒手人寰。

现在人的平均寿命在延长，退休应当是一种新的人生开始，如何规划好退休生活，不是到了退休时才考虑的事，而应当提前规划，古语曰"勿临渴而掘井"。提前掘好人生之井，至关重要。

最近网上晒出了毛泽东、邓小平、江泽民、胡锦涛、习近平几代领导人的书法作品，大家都会感到这些领导人都有深厚的书法功底，特别是毛泽东主席堪称一代伟大的书法家，毛体已自成一体，学者争相仿效。人们从他奔放豪迈流畅的书法中崇敬他的伟大。习近平的书法稳健刚劲，圆润丰满，字如其人，让国人增添了在他领导下实现民族复兴梦想的信心。

美国总统奥巴马夫人米歇尔访华，习近平总书记夫人彭丽媛在北京师范大学第二附属中学教米歇尔写书法及两位夫人互赠书法作品的报道及图片传遍全球。朋友们是否已经读出了彭丽媛教米歇尔练习中国书法的信息？在中国文化复兴的春天里，书法这朵奇葩将会在未来放出异彩，爱好和练习书法的国人会越来越多。论语曰："君子之德风，小人之德草，草上之风必偃。"中国书法的春天已经到来。

有许多朋友很想练习书法，但缺乏自信，怕练不好。这里我想给朋友一些建议。

首先，要明确练习书法的目的。对于我们多数人来说，练习书法要远离功利，不要奢望靠卖字盈利。为的就是一个快乐幸福，一个修身养性。职场人士大都面临着压力与紧张，像陀螺一样高速旋转。多数人处于亚健康状态。古人云："文武之道，一张一弛。"每个人都需要在紧张兴奋之余回归宁静。宁静才能致远。如果，每天睡前抽出半小时，铺纸研墨，挥毫泼墨，全神贯注于笔尖，一切压力烦恼都会抛到九霄云外。就像奔腾的江河缓缓流入平静的海洋，身心得到回归本性，然后洗洗睡觉，会让你带着墨香入眠。我已从练习书法中受益，经过练习书法平心静气，上床后容易进入梦乡。

其次，不要跟别人比，只跟自己比，会增强自信。朋友们都知道，我国书法在晋唐时代已经达到巅峰，后人再努力也无法超越王羲之、颜真卿、张旭等书圣。练习书法者，只要持之以恒，每天都会有细微的进步，以水滴石穿之功，半年、一年之后，就知道自己在悄然进步，横像横，竖像竖，点像点，会不断增添自信。不妨将练习书法的字保存下来，留下进步的足迹。

再次，要向书本学，向朋友学，通过学习交流掌握方法技巧，避免少走弯路。初学者可以购买字帖临摹，大家普遍认为可从楷体开始，楷体以颜体为先。因为楷体是书法的基础，有了一定的楷体基础，学习其他字体就比较容易。练习书法者可在实践中总结提高，笔墨纸砚各有其性，浓淡粗细先于心，行笔疾缓线条别样。北京作为全国政治文化中心，有关书法的展览、沙

第二篇 人性之光

龙、讲座不少，可以通过参观展览、沙龙交流、聆听讲座等途径来提高自己的书法技巧。书法是我国的国粹，其魅力无比，投入其中，将其乐无穷。

米歇尔夫人通过体验中国书法后高兴地说："中国书法太美了，今后我要多练习。"米歇尔都由心动到准备行动了，我们还犹豫什么！

中国书法的春天来了，让我们去拥抱春天，为百花园中增添一抹绿色，一缕芬芳！

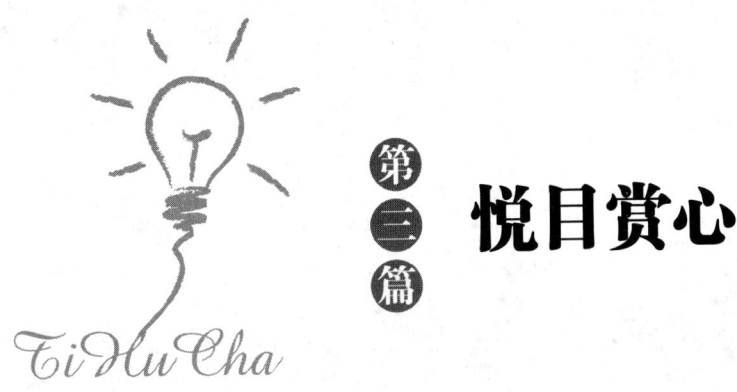

第三篇 悦目赏心

     "悦目赏心"旨在通过从书籍、电影、讲座中汲取的感悟、营养来滋润我们的心灵、坚定我们的修行、鞭挞我们的劣行。阅读、听讲座、看电影应当成为我们的生活习惯，成为获取间接知识的重要渠道。每读一本书、看一场电影、听一次讲座，都应当认真思考，得到启迪，最好是能够将自己的启迪感悟写出来，与更多人分享，将真善美、正能量传得更广更远。这部分的二十多篇文章，将有助于读者朋友养成从书籍和艺术作品中汲取能量的习惯，激发潜力，奋力前行。

醍醐茶

大唐良臣房玄龄力挽狂澜

　　力挽狂澜是一个成语，意思是尽力挽回险恶的局势。对此《贞观长歌》电视剧提供了一个很好的诠释。

　　剧情的大意是：大唐皇帝李世民为了与匈奴突利、夷男等反对大汗颉利的三个部族首领结盟，不顾个人安危乔装商人前往边关马邑，因颉利世子等人偶然被马邑守军抓捕。为了救儿子，颉利调集十多万铁骑将小小的马邑城围困了几天，但却不敢攻城。李世民在独孤谋等将领的保护下从颉利大军的防守区突围成功，得以实现与突利等三部落结盟的目的。

　　马邑小城被围的消息传到京城长安，即刻引起政治地震，掀起轩然大波。诸位王子、大臣各怀心思，纷纷表演。这使仁慈又无策的太子监国李承乾如坐针毡、备受煎熬、左右为难，所幸有贤德智慧的母后和忠心耿耿、多谋善断的老臣房玄龄为其出谋划策、把舵压阵。

　　马邑城破，皇上生死不明的消息传来，郡王李恪却不恪尽职守，而是串通魏王李泰及一批文武大臣发难，质问太子为何不出兵救父皇。此举将皇后娘娘和太子逼到了险境。幸亏机智的何太医传话，请出了在病中掌管朝廷军机的老臣房玄龄，德高望重的房玄龄当众解释了不能大举出兵马邑的理由，并且承担了不出兵的责任，因为如果举大兵不但救不了皇上，而且只能害了皇上和太子。这使一些不明真相的亲王和大臣了解了事情的真相，使他们转变了态度，同时使一些别有用心的人的阴谋被挫败，化解了一场风波，力挽了大唐朝廷的狂澜。

历史就是这样，或许会因为一个偶然的事件而改变轨迹，或许因为一位良臣而挽救国家。

大唐的房玄龄因此可称为力挽狂澜的良臣。

反谏与假谏

——魏徵的良苦用心

《贞观长歌》上演了魏徵的反谏与假谏之戏，着实令人深思。不由得使人对这位忠臣良卿刮目相看，敬佩有加。

大唐打败匈奴大汗颉利后，如何解决匈奴二百万饥民的问题成为大唐王朝的一大难题。宰相长孙无忌高瞻远瞩提出了一个大胆的计策，将匈奴的部分部落内迁关内。这是一项具有极大风险的政策，因为有着前车之鉴：晋朝就有因内迁匈奴而失控生变，导致晋朝灭亡的教训。因此，历来无人敢提此策，但在当时形势下，此策是解决饥民问题唯一可行的计策。

其实谏议大夫魏徵心中十分清楚，内迁之策是唯一可行之策，但他却在朝议之时，站出来反对长孙无忌的建议，认为内迁之策不可行，并陈述几大弊端，有理有据，引起了李世民的高度重视。魏徵为什么要这样做，后来通过他与助手的对话我们才知道其原委。其目的是要李世民高度重视内迁政策，并对弊端注重防范，即反谏：从反面促成决策的实施，引起决策者注意这项决策实施之后存在的负面影响，可见魏徵用心良苦。

再来说说魏徵的假谏。在如何处理颉利的问题上，满朝之中几乎一片

"杀"声。因为颉利给唐朝带来的伤害太大，是大唐的不共戴天之敌，皇上也宣布要将颉利东市问斩。唯有长孙无忌提出颉利不能杀，杀了颉利不利于与匈奴人民的和好，留着颉利有利于稳定。一时间皇上也很难决断，于是召集大臣讨论。这个魏徵又是反对长孙无忌的坚定分子，并且以死相谏。令家人买了一口棺材，自己躺在棺材之内，要到城外的便桥自杀。其实皇上明知魏徵用意，便派长孙无忌去化解。经长孙无忌反言激将，给了魏徵一个台阶，引来了满城民众的观看和议论。其宣传皇上仁爱与宽容的效果也就达到了，这就是魏徵自导自演的假谏。

魏徵的反谏与假谏，都是智慧与忠诚的体现。牺牲自己的尊严，树立领导的威信，这是非等闲之辈难以想到和做到的。

在我们现实生活中，不少人只考虑自己的名声和利益，甚至搞小伎俩陷害他人，以显示自己，这与一千多年前魏徵的做派相比，实在猥琐得很。

我们的祖先是智慧的，是值得我们学习的。

千古大忠——初唐范兴

老外称中国人为唐人，在美国等西方国家都建有"唐人街"。唐朝也是我们中国人值得骄傲的朝代。经过贞观之治的唐朝可谓真正的天朝大国。

贞观盛世的背后，是以许多仁人志士的牺牲为代价的。一代贤臣魏徵、一代名将李靖、一代贤后长孙皇后……数不胜数，他们都是忠于国家、履行职责、不计名利的典范。

几集电视剧《贞观长歌》看下来，最令我感动的是千古大忠——范兴。范兴不仅具有远见卓识，能够见微知著，而且具有顾全大局、忍辱负重的胸怀，为了大唐的振兴屡出奇谋。比如他知道大伤元气、力量软弱的大唐军队不是颉利铁骑的对手，建议李世民以忍让对敌，倾府库钱财求得和平，这一奇策起到了涣散敌军斗志的效果，保住了长安，使唐军得以重整旗鼓。范兴在任绥州刺史时，面对强大的敌人，为了保卫首都长安，拖延敌军的行动，主动使绥州落陷。为了使城中百姓免遭屠杀，不顾自己的尊严向敌将下跪求饶。因此而背上了叛国的罪名，遭到了一些固守旧制、目光短视的贵族的强烈谴责。即使在打入天牢的时候，他仍然咬破手指用鲜血向皇上写下《平胡十策》。当皇上免除他罪行的时候，他为了不为难皇上，为了平定反对者的口实，为了大唐的振兴，自己服毒结束了宝贵的生命。这是一位何等睿智、何等壮烈、何等大忠的英雄！历史将会永远记住他的英名。

反观我们的现实生活，说不清有多少人在为了一己私利而损害国家和人民的利益；说不清有多少人做了一点工作而邀功请赏，争权夺利；更说不清有多少人鼠目寸光，胸无大志。这些人"来日"将有何颜面去见范兴老前辈？

但是像范兴这样的忠臣还是大有人在的。中国之所以生生不息、历难不败，就是因为每个朝代都有一大批像范兴这样的仁人志士和国家栋梁。

安康公主后悔生在帝王家

　　《贞观长歌》中的安康公主以其美丽、活泼、机智的形象赢得了广大观众的好评，但是安康公主的爱情却是一场悲剧。

　　匈奴大汗颉利被抓获，长安全城敲锣打鼓，欢庆胜利，却有两个人在痛哭：一个是大将军侯君集，另一个是安康公主。侯君集是因为失去了强劲的对手而痛哭；安康公主则是因为将要离开爱人慕一宽、远嫁匈奴部族首领夷男而痛哭。

　　慕一宽之于安康公主是爱重于生命的男人，多少次为救安康公主不惜巨财甚至生命。安康公主深爱慕一宽的倜傥潇洒、智慧大义。他们应该是天生的一对，地造的一双。他们的结合应该是广大观众之所愿。难怪安康公主埋怨不该生在帝王之家。如果安康公主不是生在帝王之家，也许不会远嫁匈奴，可以嫁给心爱的男人。

　　但是作为大唐的公主，其爱情就由不得自己做主，而是要听从父母之命。那个年代王子、公主的婚姻更多的是赋予政治色彩，符合政治需要的。

　　知道缘由的观众也会理解唐太宗李世民的做法。为了打败颉利，大唐承受了太多的屈辱，做出了太多的牺牲。匈奴内部出现分裂，才给大唐提供了结盟的机会，带来了胜利的希望。在李世民乔扮商人如约深入突利大营缔结盟约、处境危险的时候，夷男提出结盟的前提条件是娶安康公主，否则，不仅影响结盟，而且面临危险的情况下，李世民还有其他的选择吗？看来也只有选择牺牲安康公主的爱情。因为李世民的角色不仅是父亲，而且更是大唐的皇帝。

对于安康公主来说，她的爱情也是由她的角色所决定的，作为大唐公主既然享受了无比的荣华富贵，也就要为此作出爱情的牺牲。一个人不可能什么好处都占尽，这大概就是天之道："补不足，而损有余。"

掩饰一个错误需要再犯一系列错误

读完《贞观长歌》长篇小说后，又观看了《贞观长歌》电视连续剧。我认为长孙顺德奉朝廷之命查处泽州刺史赵士达贪污、作假案的情节值得深思。这个长孙顺德非常滑稽可笑，为了掩饰一个错误需要再犯一系列错误。

长孙顺德本为长孙皇后的叔叔，又是战功卓著的将军，年纪大了之后，本应奉献余热、颐养天年、保守晚节，而这位老将军却居功自傲、拈花惹草、贪图钱财、干扰朝政。

善于伪装、熟于玩人、盘剥百姓、违法敛财的赵士达为了达到进京升官的目的设下财、色圈套，将长孙顺德和太子李承乾等套了进去。

当长孙顺德要彻查赵士达的违法案件时，遭遇了赵士达的摊牌，由于长孙顺德贪图了赵士达送出的财、色，长孙顺德不仅不能彻查，反而与赵士达成了利益共同体，形成了一损俱损、一荣俱荣的关系。要想保住自己，只有保住赵士达。为了掩饰这一错误，就需要颠倒是非、混淆黑白。要将赵士达洗白就需要将闵国器、裴家鼎、如画及几百名无辜的泽州百姓屈打成招，承认自己是参与谋反的隐太子李建成的同党，在长孙顺德的滥刑之下，泽州血雨腥风、乌云蔽日、怨声载道、冤魂遍地。

幸亏皇上李世民英明，洞察了真相，制止事态的发展，无辜的百姓才得以平反昭雪。

这一剧情至少给我们两点启示。

一是要守住做人的本分，千万不要在名利财色面前犯错。古话说："官法如炉。"谁触犯火炉，谁就要被烫，不要心存侥幸。

二是一旦犯了错，要勇于改正错误。人非圣贤，孰能无过？改错如治病，只有治病才能救人。否则，像长孙顺德、赵士达之流为了掩饰一个错误再犯上一系列错误，必将走上不归路。

回归精神家园

2008年10月20日下午，我和中央党校班同志听了中央党校文史部梅敬忠教授讲授《〈红楼梦〉与中国文化》讲座。由于《红楼梦》是大家喜欢的名著，学员们听得津津有味，梅教授谈锋甚健，将课时延长了一个多小时，讲者和听者都还觉得没有过瘾，可见中国文化的魅力之大。

我和大家一样也非常喜欢《红楼梦》，曾读过几遍，20世纪90年代还在省级杂志上发表过题为《王熙凤的管理之道》的文章。

《红楼梦》是一部百科全书，是一部百读不厌、常读常新的好书。不同的人读《红楼梦》会有不同的感受和理解。哲学家读《红楼梦》说它是一本哲学《红楼梦》，政治家读《红楼梦》说它是一部政治《红楼梦》，经济学家读《红楼梦》说它是一部经济学《红楼梦》，社会学家读《红楼梦》说它是一部社会学《红楼梦》，服装师读《红楼梦》说它是一部服装学《红楼梦》，医学家读红楼梦说它是一部医学《红楼梦》，饮食家读《红楼梦》说它是一部饮食《红楼梦》……总之《红楼梦》是一部旷世奇书，是中华民族的文化珍宝。

《红楼梦》描写了四大家族由盛到衰的过程，先后有几百人登场，《红楼梦》的原型就是曹雪芹的家族演变史。曹雪芹写《红楼梦》到底想要表达一个什么样的主题呢？这是许多学习研究《红楼梦》的人士所关注的问题，见仁见智，莫衷一是。梅敬忠教授给我们表达了一个观点：《红楼梦》的主题是：回归精神家园。梅教授认为跛足道人的《好了歌》和甄士隐对《好了歌》的注释已经回答了这个主题。

《好了歌》是这样说的：

世人都晓神仙好，唯有功名忘不了！古今将相在何方？荒冢一堆草没了。

世人都晓神仙好，只有金银忘不了！终朝只恨聚无多，及到多时眼闭了。

世人都晓神仙好，只有娇妻忘不了！君生日日说恩情，君死又随人去了。

世人都晓神仙好，只有儿孙忘不了！痴心父母古来多，孝顺儿孙谁见了？

甄士隐对《好了歌》是这样解注的：

陋室空堂，当年笏满床；衰草枯杨，曾为歌舞场。蛛丝儿结满雕梁，绿纱今又糊在蓬窗上。

说什么脂正浓、粉正香，如何两鬓又成霜？昨日黄土陇头送白骨，今宵红灯帐底卧鸳鸯。

金满箱，银满箱，展眼乞丐人皆谤。正叹他人命不长，那知自己归来丧！

训有方，保不定日后作强梁。择膏粱，谁承望流落在烟花巷！

因嫌纱帽小，致使锁枷杠；昨怜破袄寒，今嫌紫蟒长：乱哄哄你方唱罢我登场，反认他乡是故乡。甚荒唐，到头来都是为他人作嫁衣裳！

我比较同意梅教授的观点，《红楼梦》通过四大家族盛衰的演绎和人物的表演，启迪大家不要太在意功名富贵，那些只不过是过眼烟云；朝廷命官只不过是一张纸，说你是你就是，说你不是你就不是，贾政、贾雨村等都官至司局级领导，说免了不就免了？贾府富甲一方，说抄家不就抄了？

《红楼梦》教育后人，不要反认他乡是故乡。他乡就是身外之物，故乡

就是自己的心灵。其实幸福是一种自我感受，自己觉得幸福才是真正的幸福。而现在的世人却不顾自己的心灵感受，在意外界的掌声，贪图身外的钱财，许多人甚至高官都为名利所累甚至毁了自己的美好前程和"卿卿"性命。近年来，每年都有十多名省部级领导犯罪落马，有几万党员干部受到党纪国法制裁。这些人都是缺少大智慧，因而利令智昏、财迷心窍。

要营造好心灵的故乡，不仅要学习技能、管理，还应该从祖先身上汲取智慧，加强格物、致知、诚意、正心、修身、齐家的修炼，修炼好了才能承担"治国平天下"的重任，否则难免落得"金满箱，银满箱，展眼乞丐人皆谤""到头来都是为他人作嫁衣裳"的可悲下场。

《红楼梦》的解读是因人而异的，但主题是相对集中的，以上是我由梅教授的主题说引发的感想，与读者分享。

"我注'六经'与"'六经'注我"

　　非常高兴，中国传统文化的课程已进入中央党校，中央党校哲学部和文史部汇聚了一批知名的专家学者，如《红楼梦》研究专家梅敬忠、书法与禅学专家陈中浙、中国哲学专家王杰等。我们党校班同学分享了《红楼梦》赏析、中国书画艺术赏析、禅宗与中国文化、中国传统哲学的基本精神等课程。我们对这些知识都有着浓厚的兴趣。

　　中国文化是中华民族智慧的结晶，是中华民族生生不息的根基，中国文化曾经辉煌过，创造过引以为豪的"汉唐盛世"和"康乾之治"，也遭到过外来文化的入侵和本民族的否定，特别是十年"文革"使中国文化遭受了浩劫，以致许多国人特别是青年人数典忘祖，崇洋媚外。

　　让我们高兴的是，中华民族是一个善于思考、改过自新的民族。近年来，一批有识之士大声疾呼复兴中国文化，从中国祖先身上汲取智慧，解决当前面临的难题。复兴中国文化逐渐得到官方高层的重视，"以德治国"已经进入党的工作报告，清明节、端午节、中秋节已经成为公民的法定节假日。更令人欣慰的是，学习中国文化已经成为西方上层人士的时尚，几百家孔子学院已在海外成立。

一个遭受了一百多年重创的民族文化，如何才能复兴重振是一个值得探索的课题。中国古籍浩如烟海、汗牛充栋，既有精华，也有糟粕。另外经过文字改革之后，现在通行的简化字与以往的繁体字相去甚远，多数国民对中国古籍存在字难认，意难解的困难。另外，对于大多数人来说，也没有必要咬文嚼字钻进故纸堆去"我注'六经'"。这些专业性的工作交给专家学者去完成，我等普通人应该删繁就简，学习中国文化的精神实质即可。听听于丹等老师采用"'六经'注我"的方式讲授的《论语》心得、庄子心得不失为一种好方式。尽管于丹老师遭到了一些学究的责难，但我一直在为于丹老师鼓掌。于丹老师做了一件弘扬中国文化的功德无量的好事，比那些专家学究对中国文化复兴的功德更大。

近来清史专家阎崇年老人家在无锡挨了一小青年耳光的事被媒体闹得沸沸扬扬，吓得请于丹老师去演讲的南京某单位动用30多位保安保护，似乎弘扬中国文化不仅任重道远，而且存在生命安全之忧。

其实，大可不必大惊小怪，"林子大了，什么鸟都会有"。那些极端、无知之徒毕竟只是个别，大多数国人还是理智的，弘扬中国文化还是有市场的。

本人既是中国文化的爱好者也是中国文化的弘扬者，我所出版的"贤文系列图书"就是为弘扬中国文化所尽的绵薄之力。我想通过通俗的"贤文"向读者阐述中国文化。这次党校的学习，使我对中国文化有了一个比较系统的认识，老师们的讲授犹如一条"丝带"，促成我将思想的"珍珠"串了起来，有望使零散的思维"珍珠"变成"项链"。

将中国文化由"象牙宝塔"引向"十字街头"是我永远的使命。

听叶曼大师讲老子的智慧

2010年12月21日晚，我应邀在国宾酒店"中外名家大讲堂"聆听了国学大师、96岁的叶曼女士关于"老子的智慧"的讲座。可容纳三百多人的报告厅不仅座无虚席，而且过道上站了许多人，可见当今国人对中国传统文化的热爱和对叶曼老师的景仰。

我和朋友交流，尽管岁末诸事繁多，但叶曼大师的讲座一定要抽出时间来聆听。我在两年前曾听叶曼老师讲授过《老子》，受益匪浅，我曾在博客上有记载。暂且不论叶曼老师所讲内容宏大精妙，就凭她老人家96岁高龄，还能够面对几百名听众侃侃而谈、思维敏捷、记忆超凡，这本身就是对中国传统文化的礼赞，对中华智慧的明证，对生命潜力的诠释。每个前来聆听叶曼女士讲座的听众都会受到自信的鼓励，大家都渴望向叶曼大师学习，希望自己96岁时，也能够和叶大师一样快乐地活着，最好也能登台演讲。

为了博友认识叶曼大师，下面对她作一简要介绍。

叶曼，国学大师，1914年生，6岁以《左传》开蒙，1935年被时任北大文学院院长胡适先生特别录取，就读北大法学院经济系。中年为明了生死困惑而学佛，先后师侍南怀瑾先生、陈健民上师等，屡有所得。20世纪80年

代出席世界佛教大会时与中国佛教协会原会长赵朴初相遇并成为好友。叶曼女士是当今世界极少能将儒、释、道文化贯通的国学大师之一。主要著作有《叶曼拈花》《世间情》《叶曼讲心经》《叶曼讲金刚经》《叶曼随笔》《叶曼讲阿弥陀经》，协助南怀瑾先生编著《楞严大义今释》等。

叶曼大师用了一个半小时，讲解了"老子的智慧"。原本是本科学生两个学期的课程，压缩在一个半小时，实在是难为了叶曼大师。叶曼大师在一个半小时的时间里，讲出了许多新观念，澄清了一些曲解老子的谬误。使听众拨云见日，豁然开朗。叶曼大师将深奥难懂的理论讲得活泼幽默，赢得听众的阵阵掌声。

下面请博友分享一位96岁大师赐予我们的"老子智慧"，希望读者从中受益。

有真正智慧的人，深知人性，了知人生，所以若能宁静淡泊以处事，忠厚仁义以待人，便可成为众望所归的大好人。有真智慧的人，方能使人生真平等，真自由，真幸福，真圆满。

有智慧的人，他的一生奉行"己所不欲，勿施于人"以及"己欲立而立人，己欲达而达人"。换句话说：我们希望别人如何对待自己，就应如何去对待别人。这便是智慧人生。

智慧与聪明不同，耳思聪，目思明，应付眼前人和事。智慧是积累而得，借过去的事可以预测未来，智慧是从人从事从顺从逆中而得。

人生的真乐，时时都有，处处都有，然而我们没有在乎它，常常失之交臂，我们身在其中，却不觉得，视而不见，听而不闻，我们不知道那就是快乐。

人生就好像一个原野，虽然有过红花绿叶般春天的繁荣，可也会有肃杀凋零的残冬。世事无常，无论富贵也好，贫贱也好，都要看得清楚明白，要永远抱定、行持一颗如如不动的真心。

如果能够觉得"春有百花秋有月，夏有凉风冬有雪；若无闲事挂心头，便是人间好时节"，那么日日都是好日子。爱每一个人、每一个生命，每一分时间，凡事退一步想，而且乐天知命，就会有个至善至美的人生。

人要有时时可死，步步求生的精神。

平淡本身最长久，我们虽然也偶尔想吃一顿大餐，但是我们真正最享受的还是家常便饭，有谁把家常便饭吃腻的？最喝不腻的是水，可是有几个人把水当作了不起的东西？直到有一天在沙漠里一滴水都没有时，才觉得水真像一滴甘露！天底下真正让我们得到快乐的，就是这种淡淡的永远不变的享受，是这种平淡的生活。这种快乐，我们天天都有，却没人重视，常常失之交臂。

我们都觉得别人的苦没什么，自己的苦才是真苦。若站在一个超然的地位来看，没有一样苦是真苦，都是自以为苦。

无目标便会歧路亡羊，终无所得。有目标，主要在行，天下无不行而得者。不可靠运气，气不通，障碍丛生。

老子与孔子同时，固有孔子问"礼"于老子，而被老子斥责之说。老子为周朝之守藏吏，见周室内斗而离去，西出函谷关。关令尹喜见紫气东来，候路旁见骑青牛而来的老子，邀入关中，为写《道德经》5264字，史称"老子出关，不知所终"。《老子》一书成为道家经典，老子为道教之宗主，与黄帝并列，而称黄老之术。

汉初的文帝景帝，因太后之教养，故内尊黄老，外崇儒术。汉武帝罢黜百家，独尊儒术，孔子之学成为治学致仕之道，孔子学院全球至今已有几百所。

杜光廷，以"老子西出函谷，不知所终"之说为引子撰写《老子化胡经》，称老子西出至印度，传道于释迦牟尼，故俗称"胡说乱写"者为"杜撰"。

秦原为中华化外之国，但战国七雄争霸，秦灭六国，而一统中国，故外国称中国为"大秦"。

据秦国《秦史》记载，"老子在秦26年，死时为秦人哀悼，老者哭之，如哭其子；少者哭之，如哭其父"。

关于老子之传说甚多，清末民初，文化革新，学者如梁启超、胡适之诸君，多疑古，甚至怀疑大禹为一图腾。而老子其人及书，乃旧中国时人拟古所作。直到马王堆汉墓出土《老子帛书》，疑乃解。

听庞中华老师讲书法谈人生

应朋友吴展扬之邀，在国宾酒店"中外名家讲习堂"聆听了著名书法家庞中华"笔中天地"的演讲。

知道庞中华是通过钢笔字帖。本人是书法爱好者，曾经学习、临摹过庞中华老师的字帖，是江西省硬笔书法协会会员。当得到聆听庞中华老师讲演的邀请，便不顾下班高峰将近两个小时的开车拥堵欣然前往，一睹庞中华老师的风采，聆听他的"笔中天地"。

庞中华老师今年六十有五，现任中国硬笔书法协会主席、庞中华书法学院院长，是我国当代中国硬笔书法事业的主要开拓者，曾任第八届全国政协委员。自1980年以来，有100多种字帖和专著在海内外出版发行，其中代表作有《谈谈学写钢笔字》《庞中华钢笔字帖》《庞中华现代硬笔字帖》《庞中华书法集》《庞中华人生感悟》《硬笔书法简论》等。

据央视《今日观察》评论员、主持人刘戈先生介绍，庞中华老师的专著已出版发行1.3亿册，仅次于《毛泽东选集》。庞中华的名字在当今中国可谓家喻户晓。

在演讲中，庞中华老师侧重于他的人生感悟，他满怀激情地讲述着他的人生故事，朗诵着他创作的诗词，以手风琴演奏着他的流动书法。

庞中华老师是重庆人，没有读过大学，曾经是一名踏遍千山万水的地质勘探工作者。20岁以后才开始练习书法，此后辞职，四十多年只做一件事，即潜心钻研硬笔书法。反复临摹王羲之、颜真卿、赵孟頫、柳公权、米芾、张旭等书法名家的作品。

庞中华老师耐得住寂寞，远离麻将桌和舞场，每天坚持练习书法。他笑言，直到今天他都不会使用手机，不会发短信，联络他主要通过夫人。他的座右铭是："板凳要坐十年冷，文章不写一句空。"

庞中华老师总结了他成功的秘诀有三条。

一是要有激情。庞中华老师说："大凡成功人士都充满激情，如李白、岳飞等无不充满激情。离开了激情，人生不会有崇高目标，遇到困难就容易退缩，就缺乏战胜困难的勇气。"六十多岁的庞中华老师在讲台上激情四射。按他自己的话说，自己仍是一位小儿郎。

二是要有技法。庞中华老师说："所谓技法，就是俗话所说'一招鲜，吃遍天'。成就事业离不开激情，但光有激情还远远不够。许多人有激情，但将激情用错了地方，如文化大革命期间，红卫兵太有激情了，但是这种激情，造成的是负面效果。"据庞中华老师介绍，他从小动手能力较强，学拉手风琴，喜欢制作玩具，手很巧。书法是手上功夫，从小的练习有益于日后书法的练习。在书法练习中，注重将各家之长融为一体，为我独创。借鉴国外的硬笔，设计了多种硬笔，如粗大的方头笔，便于书写隶体。

三是要有创新。庞中华老师说："创新是一个民族的灵魂，也是一个人成就事业的关键。创新就是要走前人没有走过的路。在马路上很难留下自己的足迹，在深山中则容易留下自己的脚印。书法是中国的国粹，王羲之、颜真卿、张旭等先祖已将书法发展到了登峰造极的地步，后人要想超越他们是很难的。但认真一分析，他们的领域都是软笔即毛笔书法，而现代人普遍使用钢笔、圆珠笔即硬笔。硬笔使用历史不短，但此前却很少有人研究硬笔书

法理论，出版发行硬笔书法字帖。我发现了这个'蓝海'，因此，40年来持之以恒、锲而不舍，因为方向选对了，所以出了成果。"

其实，庞中华老师的成功秘诀还远不只激情、技法和创新。据点评嘉宾介绍，庞中华老师具有仁爱之心、爱国之心和责任感，他致力于将硬笔书法造福于社会和人民。对越自卫反击战期间，他不顾个人安危，主动申请赴老山前线到猫耳洞里为战士辅导硬笔书法，帮助战士在战斗空隙练习书法。他的出现极大地鼓舞了士气，受到部队官兵的爱戴。临别时，部队首长送了几块从战士身上取出的弹片给他留作纪念。这些弹片庞中华老师一直作为珍品珍藏着。

庞中华老师从小练习手风琴，他在演奏和书写的实践中感悟到了音乐与书法的融通，他将音乐视作流动的书法，将书法视作固化的音乐，音乐与书法相互促进。

庞中华老师应邀到德国、日本、俄罗斯、韩国等许多国家传播中国书法。由于语言的原因，书法相对于音乐、舞蹈更难为国外听众所理解，为了达到便于交流、增进理解的效果，庞中华老师创造了以音乐讲书法的方式，到哪个国家就演奏哪个国家的音乐，用音乐诠释中国的书法。书法有长笔、短笔，音乐有长音、短音；书法有粗笔、细笔，音乐有重音、轻音。因为外国听众熟悉本国的音乐，从而也理解和听懂了中国书法。庞老师的每场演讲，都受到国外听众的热烈反应，赢得经久不息的掌声。庞中华老师成为中国书法文化传播的使者，为中国文化走向海外作出了积极的贡献。

据庞中华老师介绍，书法具有陶冶情操、锤炼性情的效果。他应邀为山东省阳谷县培训了千名教师，几万名学生。有关机构作了三年的跟踪调查，结果显示，通过开展书法练习，学生逃课的少了，学习成绩提高了，家庭和谐了。据公安局的资料显示，该县青少年犯罪率明显降低。

庞中华老师说，现在70%的学生握笔方式不正确。由于握笔方式不正确，不仅写不好字，而且会影响身体健康。为了解决这个社会难题，庞中华老师研究发明了握笔器。用握笔器套在笔上，孩子握住握笔器，自然会纠正不正确的握笔方式。但这种能够惠及千万孩子的握笔器却在推广上遇到了困难，他希望与一家慈善基金合作，将这一专利推向全国，普及下一代。

近两个小时的演讲，让几百名听众分享了一顿精神大餐，大家不仅分享了书法技巧，而且得到了人生启迪。

艺术史学博士崔自默、资深媒体人郭家宽、书画家严学章为此次讲座作了点评。

聆听稻盛和夫谈活法

　　建华应朋友吴展扬之邀前往天伦王朝酒店参加了稻盛和夫《活法》销量突破50万册庆典。本次庆典由东方出版社和稻盛和夫（北京）管理顾问有限公司主办、中外名家讲堂协办，来自全国各地的五百多人参加了本次庆典。

　　东方出版社社长黄书元、稻盛和夫（北京）管理顾问有限公司董事长曹岫山致辞；当当网负责人介绍了《活法》一书网上销售情况；举行了《活法》公益捐赠仪式；"80后"读者代表作了发言。79岁的稻盛和夫先生以"人为什么活着"为题作了精彩演讲。

　　稻盛和夫先生是日本"四大经营之神"中唯一健在的一位（另外三位分别是松下公司创始人松下幸之助、索尼公司创始人盛田昭夫、本田公司创始人本田宗一郎）。稻盛和夫27岁创业，白手起家，五十年间创办了两家世界500强企业——日本京瓷、日本KDDI公司，并创造了企业连续五十年无亏损的纪录。2010年2月1日，航空业的门外汉稻盛和夫先生应日本政府的邀请，出任破产重组的日本航空公司董事长。在上任不到半年之内奇迹般地将日本航空公司扭亏为盈，2010年盈利额就达到一百亿元人民币。

稻盛和夫在三十岁前后构建了他的经营哲学，并与全体员工共同践行，收获了企业持续的飞跃性发展，虽然经历了多次危机，但都无法阻止这种发展。两家世界500强企业以及日航的起死回生，对稻盛和夫经营哲学作出了生动诠释。

全球六千多名企业家通过"盛和塾"学习稻盛和夫经营哲学和阿米巴经营管理模式，许多企业业绩得以大幅提升，其中100多家企业的股票成功上市。

稻盛和夫的代表作《活法》一书风靡全球，《活法》在日本销售75万册，中文版《活法》在中国大陆销量已经突破50万册。

有专家称：20世纪是德鲁克世纪，21世纪将是稻盛和夫世纪。

稻盛和夫先生在这次演讲中对中国经济的发展给予了高度评价，向广大读者对《活法》的青睐表示衷心感谢！

他说他的经营哲学的基础是中国文化尤其是中国儒家文化。年轻时在思考人生命运、人生意义时，中国的儒家思想，特别是《论语》《了凡四训》等经典著作对他产生了重大影响。

稻盛和夫先生在演讲时花了较长时间对《了凡四训》一书的主要内容作了介绍。稻盛和夫先生说："书中主人公袁了凡（原名袁黄）发善念、做好事改变人生命运的故事影响了我对人生和命运的思考，也影响了我的一生。"

经过对人生命运的深入思考，稻盛和夫先生得出了"人生是以命运为经线，以因果为纬线而织成的布"的感悟。

想好事做好事，命运就会向好的方向转变；相反，想坏事做坏事，命运就会向坏的方向转变。善因生善果，恶因生恶果。

稻盛和夫先生说："经营企业不仅是自己个人的事，而是一种责任，要对股东负责，对员工负责，要给股东以回报，给员工以幸福。因此，要努力把企业经营好，不能让企业亏损、破产。企业亏损、破产就是做恶事，就对不起社会，对不起股东，对不起员工。

第三篇　悦目赏心

"在现实生活中，善报和恶报不会马上灵验，不会立即得到显现。比如，有的人非常善良，做了很多好事，人生并不幸福；而有些人做了很多坏事，却生活得很好。因为这种回报具有滞后性，有的可能要几年、十几年，甚至几十年，也有的可能是几辈子。人在命运好的时候，做了点坏事可能不会立即显现恶报，但恶的因素在积累。人在命运不好时做了好事可能不会立即显现好报，但好的因素在积累，量变会引起质变。命运不会是一加一等于二这样简单，所以，不少人认不清命运的真谛。认清人生真谛需要大智慧。"

稻盛和夫先生的演讲非常发人深省，耐人寻味。我把当时记录的部分笔记分享给大家，希望大家都能有所思考，有所收益。

我们人生的意义是什么？人生的目的在哪里？我的答案是提升心性，磨练灵魂。如果有人问我："你为何来到这世上？"我会毫不含糊地回答：是为了在死的时候，灵魂比生的时候更纯洁一点，或者说带着更美好、更崇高的灵魂去迎接死亡。

什么是我们需要的哲学呢？用一句话表达，就是"作为人，何谓正确"。也就是父母教给小孩的简单质朴的做人道理，也就是人类自古以来倡导的伦理道德。

"人格=性格+哲学"。与生俱来的性格，加上在人生道路上学习到、领悟到的哲学，这两者相加就形成了人格。就是说，先天的性格加上后天的哲学造就了我们的人格——我们人的精神品格。

人生的结果=思维方式×热情×能力。

就是说，人生和工作的成果由上述三要素相乘而不是相加得来。三要素中最重要的是"思维方式"，甚至可以说"思维方式"决定了人生的结果。因为这个"思维方式"存在负数，所以热情和能力分数越高，但"思维方式"的方向错了，是负值时，三者相乘的结果就是一个很大的负数。

你心中描画怎样的蓝图，决定了你将度过怎样的人生。今天的现状，是几年前描画的结果。希望今后是什么样的结果就需要今天开始描画并行动。强烈的意念，将作为现象显现。请你首先铭记这个"宇宙法则"。有人认为我这句话过于神秘而不肯接受。然而，这是从我至今为止的、各种各样的切身体验中产生的、让我确信的绝对的法则。就是说，你心中想的是好事，是善念，你的人生就将是美好的；你总动坏脑筋，充满恶念，你的人生就不会顺畅。

我今年已经79岁了，死亡正在向我逼近，人总是要死的。如何认识死亡才是重要的事情。肉体和精神结合才有了稻盛和夫，死亡意味着肉体的灭亡，灵魂却是永恒的。人的死亡意味着灵魂开始启程。在死亡到来之际，金钱、房产、股票等物质财富都带不走，却可以把灵魂磨炼得更加美丽。

人活着要塑造美好的灵魂，提升人格，塑造诚实的充满美好的心灵。每个人都有追求真善美的共性，每个人的灵魂应该充满真善美。灵魂借助肉体转生，我们死后灵魂会借助其他肉体转生。一个人死亡时比出生时的灵魂更加美好，就可以算是一个成功的人。

一个人生活在世上离不开金钱，但工作绝不是仅仅为了赚钱。关键是磨炼灵魂，不要埋怨命运不公平，而要寻找自身不足。

为了深入思考人生问题，我在65岁时在元福寺（音译）取得了僧人资格，在寺庙里修行，听丹雪禅师讲佛，这次修行，为我人生新的旅程做了心灵洗礼。

元福寺的六种修炼方法，对我的后半生影响巨大。这六种修炼方法是：

一是开悟。即要摒弃杂念，乐善好施，帮助他人，与人为善。要感恩，活着就已经是幸福，要培育感恩之心，滴水之恩不忘涌泉相报。

二是持戒。不做人不该做的事，远离贪、嗔、痴。积善行，思利他。"积善之家必有余庆"。行善利他，言行之间留意关爱别人。

三是勤劳。要拼命工作，劳动就是最好的修行。我拼命工作，不让公司倒闭，让员工幸福。拼命工作已经成为我的习惯、成为我磨炼灵魂最好

的方法。

四是忍辱。要忍受苦难，忍受误解、忍受委屈、经受挫折、磨炼心志。

五是禅定。要让烦躁的心静下来，每天检点自己的思想和行为，是不是自私自利，有没有卑怯的举止？每天要留点时间反省，睡觉入睡之前花几分钟想一想一天有哪些过错，有过错就要及时整改。

六是智慧。智慧不等于知识，这里所说的智慧是指宇宙的智慧，根本性的智慧，是一种睿智。不要老是愤愤不平，不要让忧愁支配自己的情绪，不要烦恼焦躁。为此，要全力以赴、全神贯注投入工作，以免事后懊悔。

以上是佛教教人的金玉良言，我认为在21世纪的今天仍然没有过时，具有生命力。希望大家从中受到启迪，希望大家的人生更加精彩。

稻盛和夫先生的演讲引起了五百多名听众的共鸣，一位79岁日本老人的布道宛若天外之音。稻盛和夫先生不仅是一个著名的企业家，而且是一位哲学家、教育家，是一位值得尊敬的圣贤。文化是人类的共同成果，是可以跨越国界的，就像当年中国的文化传播到日本一样，今天日本的文化又传播到了中国。

听完稻盛和夫先生这场演讲，使我感触颇多。

一是为稻盛和夫先生创造的奇迹表示敬佩，使我们看到了人的潜力，也使我们从中增强了自信。

二是稻盛和夫先生的经营哲学基础源于中国，很可惜中国从"五四运动"后将中国文化几乎全盘否定，取而代之的是西方文化和西方管理。中国的培训场所几乎被洋人或二洋人垄断，传播的几乎全是西方理论和思想，很少听到中国文化和管理的声音。我国的管理书架显要位置摆的几乎是西方人的著作。与中国相反的是，日本企业家却在持之以恒、一如既往地研究、传播、践行中国文化和哲学。我们炎黄子孙可以说是身在宝山不识宝。期望中国的企业家、管理者不要妄自菲薄，在学习西方文化和管理的同时，应从我们的祖先身上汲取大智慧，从中国优秀传统文化和管理中汲取营养。稻盛和夫先生的成功再一次证明了中国文化和管理的生命力。

三是日本的用人政策值得我们学习借鉴。日本政府敢于启用年近八旬并不懂航空业务的稻盛和夫执掌破产重组的日本航空公司，不能不说是一个惊世之举，稻盛和夫先生用经济数据为日本政府作出了证明。成功的企业家既有少年英雄，也不乏伏枥老将；既可以是业内专家，也可以是门外汉。最高明的用人之道是人尽其材，用其所当。如果一味以年龄为限，以专业为能，无疑是一种最粗暴、最简单，最有可能违背客观规律的做法。

感谢稻盛和夫先生，您不仅将中国文化在日本弘扬光大，而且又将中国文化之光点亮了神州大地，照耀了五洲四海！

祝稻盛和夫先生健康长寿！再创辉煌！

"滋养生命的文学修养和激情"

——聆听苏叔阳先生开讲

2011年9月26日晚上应邀在国宾酒店参加了"中外名家讲习堂"十周年活动,聆听了苏叔阳先生关于"滋养生命的文学修养和激情"的主题演讲。本次活动由北京大学杨壮教授主持,大讲堂创办人——王忠明先生为大讲堂十周年致辞。

苏叔阳先生年过七旬,是当代著名作家、文学家、诗人,国家一级编剧,其作品被翻译成英、德、法、俄、西班牙等外文,并多次获得国家图书奖、"五个一工程奖"、人民文学奖。2010年获得联合国艺术贡献特别奖。

苏叔阳先生以其风趣、幽默的文学语言作了两个小时的演讲,不时获得听众的热烈掌声。现在与读者朋友分享苏叔阳先生演讲中的精彩内容。

人类早期的艺术主要有六种:舞蹈、音乐、绘画、建筑、雕塑、诗歌。

文学归在诗歌里。人类有了诗歌才真正进入文明时代,有了诗歌后,人们的精神生活才多姿多彩。中国是一个诗的国度,《诗经》三百篇据说是经孔子修订的。里面有许多感情细腻、富有哲理的诗歌,成为后世取之不尽的精神资源。

德国有位哲学家说：人类有一个文明轴心时代，大约在公元前800年，文明轴心分布在希腊、印度、中国、以色列等民族。中国春秋时期出现了许多著名的思想家，如孔子、老子、孟子等，为世界贡献了许多思想，至今世界人民仍然在分享他们的思想。如孔子的"己所不欲，勿施于人"刻于联合国总部。说中国是一个没有思想的民族是对中国历史的无知或政治偏见。

孔子非常了不起，一生都在传播文明，在今天的河南被困断粮的情况下，仍然带领弟子演习周礼，其精神难能可贵。孔子修订的《诗经》流传千古。

其他文明都中断了，为何只有中华文明得以延续？是因为中华文明的结构具有合理性。儒释道三家相互融合，相互补充。儒家重点解决人与社会的问题，释家主要解决生与死的问题，道家主要解决人与自然的问题。

文学修养对于社会进步、民族创新都非常重要，就是普通人也需要文学修养，一个没有文学修养的人，是一个没有情趣的人，是不会受到别人欢迎的。科学家和历史学家同样需要文学修养，没有文学修养是搞不好科技创新、搞不好历史研究的。文学修养对每个人都非常重要。郭沫若先生富有想象力，对许多重大历史问题的判断被证明是正确的，如果他没有想象和创造力，就不可能取得重大成果。

我们现在越来越庸俗了，庸俗得在泥里打滚。赵本山和"二人转"被捧红了。赵本山到美国去表演"二人转"，宣称他在美国受到欢迎。此话不知从何而来，那时我正好在美国波士顿，据我接触的美国人根本不喜欢赵本山的表演，并且不理解这样庸俗的东西为什么能够受到中国人的长期热捧。我们接触多了庸俗，就不知道高雅艺术的珍贵。

我被检查出癌症后，曾经恐惧过，在朋友的帮助下，参观过一些寺庙，受到很大的教育，转变了心态，明白了生死，终于战胜了病魔，医生已经宣布我痊愈了。身患癌症之后完成了《中国读本》《西藏读本》等专著的创作，这两本书受到了海内外读者的好评。

文化的传承是融入血液的。影响我们的人生观、世界观的往往不是很深奥的哲学作品，而是很简单的传说、寓言或格言。文学作品对人们思想和灵魂的熏染是很重要的。

作文要多彩，做人要单纯；作文要老到成熟，做人要永葆童心。

我将尽一切可能在生活力所能及的领域里奔跑，让生命去燃烧。燃烧是美丽的，强壮的生命是可爱的！

我不愿做天上的星星，明亮，但是清冷；我只愿做地上的篝火，燃烧，便热烈、鲜红。

爱我的，我报以呕心沥血的爱；不爱我的，也不必施爱于他。生命有限，情爱弥珍，省着点用，于己于人都好。

爱，是一首无字的歌，要用全身心去感受；爱，是一条漫长无尽的小道，要用整个生命去行走。

一切都可以腐朽，永恒的只有真诚。它越过一切人际关系，炫耀于人类头顶。历史只对那些真诚待人、待同类、待世界的人才显露实际的意义。

中国的传统文明要求"舍生取义"，真理比生命重要。人们应当为真理而生存，这是活着的条件，活着的条件要比活着更重要。

不管是荒唐的死，还是庄严的牺牲，都隔不断生活的洪流。人们会记住了不起的死者的功，并流传给后人。而卑贱的死，也只是告诉多口气儿的"尸首"们，他们之间没有多大差别，顷刻之间，就会转化。活着的，尊重你自己吧，不然新生的就会把你们挤到焚尸炉前。

死是人生不可逾越的一道障碍，如何对待死，决定如何对待生。我不怕死，我怕比死更恐怖的麻木与平淡。

风筝——它本诞生在地下，却偏要飞上天去，不要在那里招摇吧，你的生命之线不是还捏在人家手里吗？炉中煤——积攒了亿万年的恋情，今天一起燃烧成通红。噢，我的爱，先学会如何忍耐，才能爆发出这般的热情。

苏叔阳先生两个小时的演讲,给几百名听众奉献了一桌丰盛的精神大餐,使听众深深受益。

让我们走近文学、热爱文学、传播文学、提升素养,享受美好的生活,拥有幸福的人生!

一生只做一件事

——记东方舞蹈女神陈爱莲

　　68岁的陈爱莲女士2007年12月18日晚在国资委研究中心举办的"中外名家系列讲座"上作了她从事舞蹈艺术55周年的演讲。几百名听众被这位东方舞蹈女神的演讲和舞蹈折服。

　　陈爱莲是我国著名的舞蹈艺术家，现任中国歌剧舞剧院编导、陈爱莲艺术团团长、陈爱莲舞蹈学校校长、全国政协委员、中国对外文化交流协会理事。这位68岁的艺术家一生只做一件事，那就是中国舞蹈。她用青春和生命诠释中国舞蹈，弘扬中华文化。在她的同龄同人中既当老师教学生又亲自登台表演，并且男女老少各种角色都能表演的在中国仅陈爱莲女士一人。因此，她被誉为"东方舞蹈女神"。当晚她表演了舞蹈《回家路上》。她用心灵、意境、肢体将少女热恋时的欢快、奔放、纵情、爱恋的情感表达得淋漓尽致，惟妙惟肖。没有谁会相信眼前是一位68岁的老人在舞蹈。通过陈爱莲女士的演讲和舞蹈，不仅使广大听众得到了艺术享受，而且引发了对人生的思考和对中国传统文化的热爱。

　　苦难是人生成功的资源。

古语曰："宝剑锋从磨砺出，梅花香自苦寒来。"苦难对有的人来说可能是绊脚石，会阻挡前进的道路；而对有的人来说可能是垫脚石，会使人看得更高走得更远。

陈爱莲女士辉煌的背后，包含着许多不为人知的苦难和酸痛。人们常说，人生有三大不幸：少年丧父，中年丧妻，老年丧子。

陈爱莲女士12岁时父母双亡。对于一个少女来说无疑是巨大的灾难。还未成年的她被送到了上海一家孤儿院，那种心灵的创伤和苦楚是一般正常人家的孩子所无法感受的。两年的孤儿院生活，不仅使小爱莲经受了心灵的历练，而且使她学会了感恩。她发誓要感谢党和政府对自己的抚养和教育。之后，陈爱莲被选送到中央戏剧学院附属舞蹈团学习舞蹈。

正当陈爱莲钟情于舞蹈艺术，事业有成的时候，因为政治原因，舞蹈被当作封、资、修的遗产，舞台表演被禁止。陈爱莲等舞蹈艺术人员被下放到农村，从事种地、挑粪的劳动，在农村一待就是三年。她的许多同行在生活的重压下，放弃了舞蹈艺术，而陈爱莲却始终坚信作为中国传统文化的舞蹈艺术是国家和人民需要的，无论农村的生产劳动再苦再累，她都没有停止过舞蹈基本功的训练。当严冰融化，春天到来，她被国家舞蹈团重新召回时，她的舞蹈水平与同伴拉开了差距。

20世纪80年代，陈爱莲带头响应政府号召，凭着对光大舞蹈事业的执着追求、丰富的知识和精湛的艺术，经文化部批准，创办了我国第一个民营舞蹈学校和舞蹈艺术团，其间经受的挫折和委屈只有她自己清楚。一个政府部门的科长可以对这位著名的舞蹈艺术家发脾气、出难题。办一个批文要盖几十个公章，有时一个公章需要经受许多周折，与政府主管部门打交道，远没有陈爱莲在舞台上跳舞流畅。陈爱莲在公众面前永远是乐观、开朗、微笑的，但受到某些政府部门公务员的刁难、训斥之后，背后流过多少次眼泪她自己也说不清。但是对于看准了的事情，无论吃多少苦，受多少气，陈爱莲都会坚持不懈、百折不挠，直至做成为止。

作为阅历丰富的成功老人，陈爱莲对听众说："苦难是人生成功的宝贵资源，不经受苦难的人是很难获得人生成功的。"我们相信，这是陈爱莲女士发自内心的感言，对于年轻人来说无疑是金玉良言。

放弃是人生成功的智慧

"舍得"两字的真正含义是有舍才有得。获得是人生追求的目标，而懂得放弃是人生成功的大智慧。陈爱莲在中国舞蹈方面之所以能够获得如此辉煌的成功，与她的不断放弃是分不开的。

起初陈爱莲的志愿并不是中国舞蹈，那时的舞蹈不能入流，属于歌舞团的辅助门类。她向往过当歌唱家，也喜欢过芭蕾舞，但因为多种原因，都被迫放弃了，因此，她一生只做一件事情，那就是中国舞蹈。从1957年起，她先后主演了舞剧《张羽与琼莲》《虞美人》《红旗》《白毛女》《小刀会》《文成公主》《牡丹亭》《繁漪》《霸王别姬》等，是中国主演舞剧最多的舞蹈家。她不仅主演而且复排了舞剧《红楼梦》，她跳了二十七年的"林妹妹"。她融入到了"林妹妹"的角色之中，有时她把自己当成了现实生活中的"林妹妹"。

陈爱莲对中国舞蹈的理解、诠释、表演，今天仍然无人可及，因此，陈爱莲享有"东方舞蹈女神"的美誉。

陈爱莲坦言，她如果当年选择了声乐，由于她的音质不是太好，即使再努力也只能成为二流的歌唱家。如果不放弃跳芭蕾舞，她就不会在中国舞蹈上取得如此巨大的成就。

弘扬中国传统文化，光大中国舞蹈艺术是陈爱莲办舞蹈学校的初衷。她为了解决办学经费，变卖了别墅，住了几年的平房。她有很多机会可以挣大钱，但她都放弃了。她说，如果把自己变成一个纯商人，充其量只能做一个一般的企业家。如果被金钱蒙住了双眼，有可能会忘记跳舞。可是我的使命是什么，我觉得我应该活在舞蹈的世界里。

生活在信息社会，人们每天都要面对众多的信息，许多人被海量的信息和众多的选择所迷惑。陈爱莲女士则感言："现在的信息很多，诱惑太大，信息太乱，所有的东西面面俱到是不可能的，而且会动摇你很多东西，自己要有非常好的心态，放弃不适合自己的东西，选择好适合自己的事业"。

执着是人生成功的动力

有句成语叫做"水滴石穿"。意思是水长期往石头上的一个部位滴，天长日久，即使非常坚硬的石头也会被水滴穿，这就是时间的力量。

清朝的大学者吴子序先生曾经教导曾国藩："用功譬若掘井，与其多掘数井而皆不及泉，哪比得上老守一井并力求及泉而用之不竭呢？"曾国藩由此得到启迪，不仅用这一理论指导学习，使学业大有长进，而且将这一理论用来指导他的湘军，以坚忍不拔攻克安庆为转折点，终于取得镇压太平天国军的全面胜利。曾国藩后来将吴了序先生的教导提炼成"掘井理论"。"掘井理论"阐述的就是质量互变规律。这口井挖一阵子，不见水，又到另外一个地方去挖，不见水，又转移他处，如此往返，虽耗神费力，终不达目的，从事物的性质分析仍是无，量虽不少，但没有引起质变。如果选准一处，持续挖下去，十天八日，十米二十米，总有可能挖到水（特殊地质结构除外），这就是由量变到质变，由无水变成了有水，从而达到目的。

"水滴石穿"和"掘井理论"都是我们的前辈总结出来的古老规律，陈爱莲女士则用她的执着为当代人提供了成功的案例。

陈爱莲和她的同事当年下放农村劳动的时候，许多人对人生的前途产生了迷茫。一些有家庭背景、信息灵通、脑子灵光的同伴，刚到农村时还坚持舞蹈训练，但时间一长大多不练了，业余时间睡觉的睡觉，织毛线的织毛线，看书的看书，只有陈爱莲钟情她的舞蹈，无论多么劳累都坚持跳舞，没

有荒废自己的专业。

年近七旬的陈爱莲女士早已桃李满天下，但是她仍然不仅教授学生，而且自己坚持每天训练，经常登台。按照她的话说："一天不练自己知道，两天不练内行知道，三天不练观众知道。"由于执着的追求和勤奋的训练，大大延长了陈爱莲女士的舞蹈生涯，她现在还能够表演少女都难以达到的柔软性大动作舞蹈。

一个舞蹈家到底可以在舞台上跳到多少年龄？一直是业内人士讨论的话题。陈爱莲不断通过自己的实践，刷新这一纪录。陈爱莲62岁时在上海举办个人舞蹈专场，由于报幕员特别兴奋，报出了陈爱莲的真实年龄，台下的许多观众睁大了眼睛准备看62岁的陈爱莲出场表演。一个多小时之后，有观众耐不住性子了，高声喊道："请陈爱莲出场！我们要看陈爱莲的舞蹈！"主持人说："62岁的陈爱莲已经跳了一个多小时了，一直是她自己在跳。"有的观众说："我们不信，是陈爱莲的替身吧？什么62岁，根本就是26岁啊！"

作为新中国培养的第一代舞蹈艺术家，陈爱莲于2007年12月27日在全国政协礼堂举办舞蹈专场晚会，以庆祝她从艺55周年。她表演了蛇舞、弓舞等高难动作的舞蹈。

陈爱莲女士形象地把舞蹈比作恋人和爱人。她说："我和舞蹈从不认识到恋爱、结婚，到现在真是从一而终。我离开了它，活不了。"把舞蹈当成事业而不是职业的她坦陈，"中国几千年舞蹈文化如何在当下得到继承和发展，这是我关注的问题。坦率地说，我自己有一种特殊的使命感。"

只有把舞蹈当作事业而不是职业的人才能够摘取舞蹈领域的皇冠。

创新是人生成功的关键

创新是一个国家的灵魂，一个民族的灵魂，一个企业的灵魂，也是一个艺术家的灵魂。

陈爱莲认为："从事舞蹈需要广泛吸收，更要为我所用，舞蹈要扎根于传统文化的土壤里汲取营养。现在很多舞蹈工作者的传统文化根基浅，却大谈创新，然而，只有继承才能创新。"

陈爱莲不断创新舞蹈理论，她认为一个舞蹈家不仅是用肢体跳，而且要用心灵跳，用意念跳，她扮演的每一个角色都惟妙惟肖，十分到位。

陈爱莲20世纪50年代就出名，1980年举办了中国首场个人舞蹈晚会——陈爱莲舞蹈晚会，运用了中国古典舞、中国舞、中国民间舞及现代舞的表现手法创造性地进行了表演，成功塑造了古今中外10多个性格鲜明的女性形象，她的表演精巧、优美、情舞并茂，受到了广大观众和文艺界的高度评价。

陈爱莲曾在《人民日报》《光明日报》《北京日报》《北京晚报》《舞蹈研究》《文化与生活》《舞蹈》等中国最具权威的报刊杂志发表过《论中国古典舞的继承和发展》《无声的语言》《谈〈蛇舞〉》《化舞为情，以情为舞》等舞蹈论文及评论文章。

20世纪90年代她已是国家一级演员，人牌明星。她如果继续待在国家舞蹈团，将会轻松、安逸、富裕地过好自己的后半生。然而，陈爱莲并不满足于轻松、安逸、富裕的生活，创新的基因激励着她走上了一条创业的道路。她觉得当时的管理体制缺少活力，在那种体制下，难以发挥个人的潜力。于是她辞掉了让人羡慕的"铁饭碗"，率先办起了民营舞蹈学校。许多亲朋好友都不理解她的做法，但是陈爱莲却独辟蹊径，走出了一条充满活力的人生成功之路。她的学校为国家培养了一批又一批社会需要的舞蹈人才，为繁荣中国的舞蹈事业做出了彪炳史册的功业。

汤之盘铭曰："苟日新，日日新，又日新。"创新是中华民族的伟大品质。陈爱莲女士的成功使我们体味到创新的意义。我们期望陈爱莲女士通过不断创新，为弘扬中国传统文化，光大中国舞蹈谱写新的篇章，创造新的辉煌！

好人有好报

——《我的光头岁月》观后感

　　好人有好报，常常出现在我们的言谈中。

　　建华在集团公司通勤车上断断续续看了几集《我的光头岁月》电视剧，这部电视剧对这句古老的话语作了现代诠释。

　　川妹何秀与在上海发展的西康青梅竹马、多年相恋。何秀旅行箱里装着一件婚纱，心里装满幸福乘坐飞机赶赴上海准备与西康登记结婚。在飞机上，何秀与简氏公司的继承人简波邂逅，彼此留下深刻印象，并相互拿错了旅行箱。

　　何秀满怀憧憬见到未婚夫西康后，情况却发生了突变，西康拿出体检单谎称自己得了肝癌不能与她结婚，何秀信以为真，明确表示即使恋人得了肝癌也不离不弃，甚至提出愿意献出自己的肝脏挽救西康的生命，虚伪的西康却突然从人间蒸发。

　　何秀在人生地不熟的大上海理想破灭、万念俱灰，一夜之间掉光了头发，在失魂落魄之际，在上海开理发店的名叫水桶的外地女子收留了她，给了她安身之地，带给她生的希望。

一头秀发的何秀，瞬间成了光头，不少人把她当成了光头小子。何秀顺势而为，女扮男装进入职场并改名马赫，阴差阳错进入简氏公司当起了花匠，并在简波家里碰上了负心郎西康。西康说自己得了肝癌根本是一场骗局，其实是见利忘义，为了自己的前程傍上了简波的妹妹简盈，并被简氏公司予以重任，派往西部担任西部公司负责人。

光头马赫以其敬业精神与学识得到了心不在商场、一心沉迷艺术世界的总经理简波的器重，马赫不久被提拔为特别助理，全权处理简氏公司事务。

马赫白天在豪华的办公室上班，晚上回到水桶的小屋生活，她们俩患难与共、感情深厚、情同亲姐妹。当得知水桶乡下的儿子患有先天性心脏病、凑不齐医疗费用会危及生命时，何秀拿出了自己所有的四万元积蓄，但还有十多万的缺口无法凑齐，何秀白天上班，晚上到夜总会卖唱挣够了十多万元治疗费用，使水桶的儿子得到了及时治疗，令水桶及父母感激不已。

西康伙同张副总和秦秘书出卖简氏公司利益，出卖了莳草研制配方，使西部公司严重亏损，无法生存。为了调查西康等人的犯罪事实，马赫派出花房的周师傅前往西部公司调查取证，周师傅历经艰辛收集到了西康和张副总、秦秘书出卖公司利益的证据，使他们受到了走人、赔款的处罚。具有讽刺意味的是西康在沉重的打击面前也一夜之间掉光了头发，成为了光头，恶人受到了恶报。

张副总和秦秘书为了报复简氏公司，在媒体曝光了马赫女扮男装及简氏公司董事长患有痴呆症的丑闻，给简氏公司带来沉重打击，客户纷纷对简氏公司的产品退货，一些股东要求退股，简氏公司几乎到了破产边缘。

简波不顾父亲的反对，对何秀一往情深，何秀虽然准备激流勇退，但却被简波的痴情所感动，真心爱上了简波。

电视台对马赫作了一次访谈，马赫借助媒体向民众坦陈了自己的真相及简氏公司的内幕。一时光头成为女孩子追求的时髦，水桶的月光发屋生意兴隆。何秀的访谈对简氏公司产生了积极影响，产品销售止跌攀升，给危机中

的简氏公司带来了转机。

水桶的父亲了解到马赫女扮男装的真相后，利用从老中医那里学来的秘方帮助何秀治好了"鬼剃头"病症，使何秀长出了一头乌黑的秀发。极力反对简波与何秀结婚的老爸也终于认可了这个儿媳妇。

何秀利用水桶爸爸的秘方研制开发了"生发灵"产品，何秀负责新产品开发。新产品上市后异常火爆，为简氏公司创造了丰厚利润，为困境中的简氏公司注入了新的活力。

《我的光头岁月》对"好人有好报，恶人有恶报"的主题做了生动诠释。何秀这个角色集千万好人的品质于一身，观众为她受到的不公、委屈、悲痛而落泪，为她的坚强、善良、成就、幸福而高兴；为西康、张副总、秦秘书的贪婪、自私、卑鄙受到惩罚而开心。

人同此心，心同此理。善良之心、正义之心、恻隐之心、同情之心早已溶入中国人的血脉基因，也是中华民族生生不息、奋发向上的精神动力。

好人有好报，是人间永恒的规律。

死亡面前的人性光辉

——《南京，南京》观后感

2009年五一节期间，观看了热播的《南京，南京》电影，观后感触良多，夜难成寐。

日军在南京的大屠杀，使我国三十多万同胞失去了宝贵生命，是我中华民族的永久之痛。南京大屠杀也使日本军国主义永远钉在了历史的耻辱柱上。

观看这部以南京大屠杀为背景的电影之后，对日本鬼子灭绝人性的残忍，对蒋介石政府的腐败无能义愤填膺、忿然作色自不必说。但我更多地在思考，中华民族为什么屡遭侵略而不亡，久经磨难而自强？《南京，南京》给出答案，那就是中华民族舍生取义，杀身成仁的民族气节，那就是在死亡面前仍然闪耀的人性光辉。

生命对于每一个人只有一次，生命对于每一个人都是最宝贵的。因此，在生与死的考验面前最能折射出人性的善恶，品质的优劣。《南京，南京》电影中的一个个镜头在我脑际萦绕。

虽然国民党主力部队奉命撤退，但陆军官等爱国将士面对强敌毫不退

缩，依靠着落后的武器拼死抵抗日军的进攻，不少将士以身报国，血洒疆场，以他们的血肉之躯筑起了保卫中华民族的长城。

姜老师是观众难以忘怀的一位美丽女性，她放弃了逃离南京的机会，在那最危险的时刻一直在竭尽全力保护难民营的同胞。她被撕心裂肺的"姜老师，救救我！"的呼喊声震碎了心灵，她为了多救一个同胞，不顾自己的安危，违背国际人道组织华女士等与日军当时达成的一个妇女和孩子可以认一个亲人的承诺，第二次冒险施救，结果香消玉殒，含冤九泉。

那个给拉贝当秘书的唐先生，刚出场时有点使人生厌，但在生与死的考验面前，他的形象逐渐高大了起来。他毅然将陪同拉贝先生离开南京的指标让给了怀孕的妻子和他的同事，即把生的希望让给了别人，把死的危险留给了自己。最终被日军绑赴刑场，执行枪决。唐先生视死如归，以"我的妻子又怀孕了"这句既幽默又深邃的诀别语告别了人间。

最使我震撼的是难民营中举起的一双双年轻女性的手。为了满足日军的兽欲，日军公然践踏国际公约，逼迫从难民营中选出一百个年轻女性充当日军的慰安妇，否则，将杀害所有难民营的人。在生与死的考验面前，为了保全老人、孩子的生命，以那个倔强不愿剪掉长发的江小姐为代表的一百名年轻女性，纷纷举起了自己的手臂，发出了"我去！""我去！"的呐喊。其实，她们每个人都知道此去的后果，她们为了保全难民营的其他同胞甘愿献出自己的身躯和生命。结果这一百个女子活着回来的只有几个人。这一百个女子无疑是世界上最伟大的女性的代表。

影片中除了闪烁中国同胞的人性光辉外，还有国际人道组织的拉贝先生和华女士等外国友人，他们不顾自己的生命安危甚至遭到本国政府惩处的压力，尽力与日军交涉，保护难民营的中国人，特别是拉贝先生那深情的一跪，令人潸然泪下。我想，日本军国主义之所以以失败而告终，他们不仅输在军事实力上，而且输在了人性道义上。因为保护生命、尊重生命是人类的普世价值，谁践踏了人类的普世价值，谁伤天害理，谁就必然灭亡。

　　影片以较多的镜头描写了日本士兵角川的人性觉醒。角川经历了从杀人魔王到放走两个中国人而饮弹自尽的人性转变。一滴水能够折射出太阳的光辉，角川的人性觉醒预示着中国必胜，日本必败！

　　《南京，南京》是一部故事客观、取材精当、寓意深刻、值得一看的好电影。

第三篇　悦目赏心

因情害理　情真意切

——评窦黑子与红柳的爱情故事

2006 年中央一套黄金时间热播的 46 集《大敦煌》连续剧，受到观众好评，我间断性地收看了几集，其中窦黑子与红柳双双赴死的情节让我的情绪久久不能平静。

悲剧就是把美好的东西毁灭给人看。

知书达理、貌若天仙的红柳原本是画专的学生，因土匪大当家的窦黑子救了她的性命便知恩图报做了压寨夫人。这个窦黑子也是官逼民反才拉了一帮弟兄占山为王。但他良心未泯，有情有义，把红柳视为生命的全部，对弟兄们爱护有加。他在这支队伍中威望极高，许多弟兄愿意为他赴汤蹈火，在所不辞。

当地商会蒙蔽政府倒卖国宝敦煌壁画，被窦黑子一伙截获，红柳知道这批壁画的价值，极力要将壁画送给政府的壁画研究所，在实在无能为力的情况下藏匿了三块冒险送到了壁画研究所梁墨琰手上，使商会陈会长等人见不得人的勾当大白于天下。红柳应该是保护国宝的功臣。商会陈会长为了遮盖丑行、杀人灭口，遂鼓动陆县长派出侦缉队抓获红柳，并以红柳为诱饵捕杀窦黑子。

窦黑子为了营救红柳冒险袭击县城监狱未果。陈会长又向陆县长献出"守株待兔"之计，引窦黑子上钩，将红柳押赴刑场，并派出伏兵，架设机枪，待机剿杀。

窦黑子知悉后带领队伍前去营救，当发现有伏兵时，不顾红柳的极力劝阻，明知不可为而为之，使几十名弟兄包括他自己和红柳全都遭到杀害。

看到这个悲壮的场景，不由潸然泪下。

我在想，窦黑子太不理智，因情害理，为了一个红柳把全部的弟兄们的性命都搭进去了，是不明智的行为。如果窦黑子不是硬闯虎穴，他的队伍和红柳都有可能得以保存，因为官府对红柳的行刑本来就是一计。如果理智对待，再图良机，也许峰回路转。所以说窦黑子是因情害理。

后来又一想，作为一个热血男儿，看到自己心爱的妻子被仇人欺凌甚至杀害而不挺身而出，那就违背了土匪的潜规则，那就成了"圣人"。电视剧的成功之处就在于再现了人性的情真意切，彻悟了人生生死的真谛。生就意味着死，没有生就没有死，如果生是快乐的，死也是快乐的，是一个人找到了归宿，得到了安息。窦黑子和红柳临死前的相拥相爱，红柳吐露了窦黑子的口头禅"情况就是这个情况"而谢幕人生；窦黑子吐着唾沫卷起烟卷，抽着烟卷视死如归。他们的举动给人以悲壮和震撼，是观众久久不能忘怀的。通过从以上的剧情和画面，我又认可了窦黑子的情真意切。

难怪美丽的红柳说："下辈子还要和窦黑子做夫妻！"窦黑子真的很让人羡慕！

一杯水的回报

2011年6月，收看了由李幼斌、刘蓓主演的《女人在行动》，有一个情节印象特深，并由此产生了一些感悟。

刘蓓主演的黎亚婕因为丈夫严锋挪用公款顶罪而被判刑四年，使她的人生轨迹发生了急转。最悲惨的不是丢掉了曾经令人羡慕的工作，遭受了四年牢狱之灾，孩子流产、父母离异、母亲痴呆，而是出狱后遭受了一系列打击，心爱的丈夫已离她而去，而且他找的妻子恰恰是亚婕最好的朋友卫红。在几百万大学生都难以就业的今天，一个从牢房走出来的女人找一个工作谈何容易！找不到工作，何以糊口？好在亚婕有四年牢狱的砥砺、有意志的磨炼，并且有乐观向上的精神。在一位曾经得到过亚婕指导从而完成论文的好心女警官的帮助下，她终于找到了一份送奶的工作。一个柔弱女子，推着一大车牛奶走街串巷，其艰辛程度难以言状。在这个过程中劳累的不仅是筋骨，而且更多的是尊严的丧失。有一次她的送奶车与一辆轿车发生刮碰，遭受了那位坐轿车的蛮横无理的女人的讹诈，并因此事被公司炒了鱿鱼。几乎人间所有苦难都集中在了亚婕身上，上帝有意考量着这位弱女子的承受底线。亚婕在自己"屋漏偏遭连夜雨，船破又遇顶头风"的境况下，善良之心仍不泯灭，历尽艰辛帮助狱友林大姐寻找失踪多年的儿子许东东，其情其行十分感人。

爱出者爱返，善往者善来。在寻找许东东的过程中，偶遇电脑天才军涛。军涛并不知道亚婕几年来的人生变故，对亚婕敬重有加、感恩不忘。亚婕久经寒冬偶遇阳光倍觉温暖。

当亚婕问军涛为何对自己这般热情时，军涛说："几年前我在亚婕公司应聘时，您为忐忑不安的我倒过一杯水，古语说'渴时一滴胜甘霖'。这杯水着实滋润和温暖了我的心。"对于亚婕来说，这事早已忘到了脑后，而军涛却深深地刻在了心里。此后军涛与亚婕成为了好朋友，并利用他的网络资源竭力帮助亚婕寻找林大姐的儿子许东东。

为需要的人倒一杯水，为车库的经警按一声喇叭，出门时礼让老同志先行，给他人一个微笑……这些尊重他人的习惯，都是善因的拓展和弘扬，日后有可能收获喜出望外的善果。

特别是在得意发达之时，切不可盛气凌人、颐指气使。"倚势凌人，势败人凌我；穷巷追狗，巷穷狗咬人"。"与人方便，与己方便"。这些警句贤文充满着人生哲理和处世智慧，不可不谨记。

哲学规律告诉我们：世界是物质的，物质是运动的。天地有春夏秋冬，岁月有白昼黑夜。乌云不会长期覆盖一个人，阳光也不会永远照到一个人，世界唯一不变的是变化，人生无常是常态。像亚婕这样曾经拥有优越家庭和工作的人，竟然遭受了重大挫折，经历了人生磨难，使她品尝了世态炎凉、冷眼辛酸，但她的善良、乐观、坚强助力她走出困境，迎来好运。

从亚婕身上，我们应当得到许多人生感悟和启迪。

有感于刘兰芳获得社会治安奖

2011年7月5日，我在开车时从广播中收听到一条关于刘兰芳获得社会治安奖的新闻。于是回想起很多陈年往事，感触良多。

按照现在的话说，我也曾经是刘兰芳前辈的粉丝，记得20世纪80年代，为了能够按时收听刘兰芳的历史评书，我将家里卖掉一头肥猪的八十多元钱，在公社的供销社买了一台红灯牌收音机。

刘兰芳口中的历史故事，战争场面、马蹄声、刀剑声活灵活现，令人神往；"且听下文分解"的悬念，令人欲罢不能。当时许多农民兄弟，在犁田时哪怕只剩下一圈也要停下耕作，赶回家听刘兰芳的评书。

刘兰芳的评书如此吸引听众，我想除了刘兰芳的表演艺术炉火纯青之外，还有她说的中国历史故事，大家倍觉亲切。

刘兰芳之所以被当地派出所评为社会治安积极分子，是因为每当刘兰芳说评书的时段，人们都会专注于听她的评书，大街基本上无人，这时即使是小偷，也停止了工作，社会治安情况良好。可见文化的功能是何等巨大！

党的十七届六中全会做出了深化文化体制改革，推进中国文化大发展大繁荣的决定，吹响了民族文化振兴的号角。中华民族有着五千年的文明史，而且是世界上唯一没有中断的文明。中华文化资源丰富，影响深远，已经广受西方有识之士青睐，许多西方人以学习中国文化为荣。作为炎黄子孙的我们更应该身在宝山要识宝。要摒弃妄自菲薄、崇洋媚外心理，热爱中国文化，学习中国文化，践行中国文化，向刘兰芳等前辈学习，为弘扬中国文化作出应有的贡献。

无用之用

老子曾经对无用之用作过论述，通俗的比喻，比如一个茶杯，只有里面是空的才能盛茶，对人们才有用；比如盖的房子，只有里面是空的才能住人。将无用之用作了形象的说明。

无用之用的道理看起来非常简单，但真正理解和实践还是有一定难度的。在我们的现实生活中，有不少人只看重实用性，而看不到无用之用。比如有些人只重视技能的学习，而忽视精神层面的修养；有些人只重视赚钱发财，而忽视文化修养和旅游观光；有些人只注重具体工作，而忽视精神享受。总的来说，现代人受西方文化影响，看重的是富贵，张扬的是个性，而忽视对高雅精神生活的追求。我国古人欣赏人生三品——富、贵、雅。富和贵是外界赋予的，只有雅才是自身修炼和内心感受。

在当今这个物欲横流的社会，作为中华民族的子孙，应该学习一些经典，提高传统文化素养，我们的前辈对此作过精辟的论述。如朱自清先生在《经典常谈》的序文里说的，"在中等以上的教育里，经典训练应该是一个必要的项目。经典训练的价值不在实用，而在文化。有一位外国教授说过，阅读经典的用处，就在教人见识经典一番。这是很明达的议论。再说，作为一个有相当教育的国民，至少对于本国的经典也有接触的义务"。一些古书，培育了咱们的祖先，咱们跟祖先是一脉相承的，自当尝尝他们的"营养料"，才不至于"忘本"。若讲实用，似乎是没有，有实用的东西都收纳在各种学科里了；可是有无用之用。这可以打个比方。有些人不怕旅行辛苦，长途跋涉，跑上峨嵋金顶看日出，或者跑到甘肃敦煌，看石窟造像与壁画。在专讲实用的人看来，他们干的完全没有实用，只有那股傻劲儿倒可以佩服。可是他们从金顶下来，打敦煌回转，胸襟扩大了，眼光深远了，虽然还是各做他们的事儿，却有了一种新的精神。这就是所谓无用之用。读古书读的得其道，也会有类似的无用之用。要说现代学生应该读些古书，这是又一个理由。

"刮垢磨光"敬墨子

——读陈伟先生《墨子智慧心解》有感

综观寰宇，傲视苍穹，谁能与我中华文明媲美？古埃及文明、古巴比伦文明、古印度文明，将到何处能觅踪影？无情有序的历史将这些文明割断、存封。只有我中华文明历经千代、饱经沧桑、连绵不绝、万世流芳。我们中华儿女理应备感自豪、倍加珍惜。

中华民族正行进在民族复兴的大道上，一个民族复兴的前提是民族文化的复兴，一个缺失民族文化的民族将是没有根基的民族，将难以屹立于世界先进民族之林。

中华文化的源头主要是春秋战国时期的诸子百家。据史料记载，我国的春秋战国时期是一个重要的社会转型时期，政治、经济、文化都遭遇了巨大的变化。那时华夏大地上的总人口才两千多万人，而载入史册的思想家却不下百位，后人常称先秦思想家为"诸子百家"。比如老子、庄子、孔子、墨子、孟子、曾子、荀子、韩非子、鬼谷子、孙子、苏秦、张仪、邹衍等。儒学和墨学曾经成为显学，占据过思想和文化的主流地位，而后来儒学和道学长期占据了主流地位，墨学却逐渐被边缘化，甚至含垢蒙尘。

人类社会是多元的，人的思想是多彩的。每一种思想和学说的出现都有其时代背景和合理性，就像自然界的植物一样，有其生存的环境和土壤。蹚涉历史长河，我们不难发现，有些思想被继承、弘扬，如儒家思想；而有些思想则被淡化、蒙尘，甚至含垢，如墨家思想。思想文化的主导者是当代的统治者。根据"经济人"的理论，如果统治集团开明、宽容，则先进的思想文化会得到弘扬光大，如果统治集团自私、昏庸，先进的思想文化则会含垢蒙尘。

我们的祖先曾经创造过"文景之治""贞观盛世"，曾有着万国来朝的辉煌历史，从历史的大尺度来考察，一个国家的经济繁荣与思想文化的开明是分不开的。构成"文景之治"的思想文化基础是道学、儒学和墨学；构成"贞观盛世"的思想文化基础是道学、儒学、佛学。因为大唐的皇帝姓李，便与老子攀上了本家，使道学的地位大大提升。但儒教、道教对人的烦恼、生死探究得较少，佛教自汉朝传入我国后则填补了这一空白，佛教教人如何解脱痛苦，面对死亡，是人生必须面对的问题，因此，佛教满足了民众这方面的需要，所以佛教得以在中国发展，最盛当属南北朝时期。中国成了佛教的第二故乡，由"输入"国成为"输出"国，日本、朝鲜、越南、蒙古等国的佛教都由中国传入。

任何真理都是相对的，真理向前跨一步则成为谬误。从宋朝以来，统治者和御用文人逐渐将儒家思想推向了登峰造极的地步，特别是朱熹先生对"四书五经"作出的解释成为教科书，科举考试的引经据典、作文论述不能越雷池一步，否则，便与录取无缘。活生生的人类思想被全面僵化，丰富多彩的世界化成了单色调。为了迎合科举，出现了许多皓首穷经、食古不化的老夫子。这无疑给社会发展带来了严重的束缚。到了明、清时期，西方列强已经进入工业文明时代，利用中国人发明的火药和指南针装备的坚船利炮驰骋海洋；以瓦特发明的蒸汽机为动力的火车在国土上飞驰。而明、清的皇帝仍然享受着天朝大国的尊严，向世人宣扬着皇帝的德威。因此，1840年国门

被英国的坚船利炮打开只是一种腐败落后的表象，其实思想文化的大门早已腐蚀不堪，失去防守。中国的落后绝不是从1840年开始的，而是在很早之前就埋下了隐患。

如果用大尺度来度量历史，一两百年仅是历史长河的一瞬间，曾经有过落后挨打的历史并不是不得了的负担，重要的是能够找到落后的原因，汲取历史的教训，树立复兴的信心。共产党领导的新中国，特别改革开放以来的中国，能够正视自己的历史，汲取落后挨打的教训，树立民族复兴的信心，重视传统文化的资源。从依法治国到以德治国，从GDP指标到科学发展，从又快又好到又好又快，无不体现思想的改变、理念的成熟、决策的智慧。

我们在学习借鉴西方文化的同时，更应该继承祖国优秀的传统文化，尤其要挖掘诸子百家的思想精华。让我们通过陈伟先生的《墨子智慧心解》，了解墨子思想的现实意义，汲取构建和谐社会和获得快乐人生的精神营养。

墨子是墨家的祖师，生活的年代大约在孔子之后，孟子之前。墨子思想的核心观念是"兼爱""非攻""尚贤""薄葬"。

墨子认为一切混乱起源于不相爱，"兼相爱则治，交相恶则乱"。天下人若能彼此相爱，就不会有"强凌弱，众暴寡"的现象产生。基于"兼爱"的原则，墨子反对战争，即主张"非攻"，墨子把战争视作损人不义之最大者，攻伐所得，往往不如所丧之多。有时攻伐别人，会导致自己亡国。君子应兴利除害，不可不非攻。由"兼爱"的原则，墨子又提出"尚贤"的政治主张，他主张不论血缘关系远近亲疏，"选天下之贤者，立以为天子"。而"天子总天下之义，以尚同于天"。可是天子如何顺天之意呢？墨子的答案是"兼爱天下之人"。根据"尚贤"的原则，百姓要上同天子，天子要上同于天志。这样，墨子也建立了一套权威主义的观念。

有意思的是，墨子原尊儒家，后非儒并以儒家为论敌，反对儒家天命说，改以"天志""明鬼"之说，又就儒者烦饰礼文，不事生产，讥议儒家礼文虚伪，由非议礼文，从而反对"厚葬"，主张"薄葬"。

墨子不仅是一位思想家，而且是一个科学家和劳动者，他崇尚劳动实践，研究防御工程，最为流传的是制止楚国攻宋，与楚王和公输盘之间的斗智斗勇，公输盘的攻城之计用尽，而墨子的守城之策有余，从而制止了一场血流成河的战争，成为历史美谈。墨子一生过着节俭朴素的生活，他领导的团队坚定信念、严守纪律，为后人所称道。

由此看来，墨子的许多思想不仅有历史意义，而且有着现实意义。

比如"兼爱"的思想。墨家的"兼爱"与儒家的"仁爱"有相同之处，是对爱"己"的延伸，由爱自己、爱亲人，到爱陌生人。正如一首流行歌曲所唱："只要人人都献出一点爱，这世界将成为美好的人间。""兼爱"无疑是我们今天建设和谐社会的应有之义。如果我们大家都能够把陌生人当亲人，那么就不会出现注水猪肉、红心鸭蛋、有毒大米的现象。当我们不把有毒大米送上别人的餐桌，别人也就不会把注水猪肉卖给我们，整个社会就会形成良性循环。当今社会出现的矿难频发、环境污染、拐卖妇女、制毒贩毒等丑恶现象，都可以从缺失"兼爱"上找到原因。要解决这些社会问题，仅靠行政、经济、法律等手段是不够的，而要从道德和文化的层面来解决治本的问题，我们应该从两千多年前的墨学中汲取智慧。

比如"非攻"的思想。"非攻"的本质是"兼爱"的外延，其实质就是和谐、和平。纵观人类的发展史就是一部战争史，万物之灵的人类，既智慧又愚蠢，由人类自身引发的战争灾难造成的危害远胜于自然灾难带来的危害。仅第二次世界大战就造成五千多万人死亡。美国"9·11"造成的经济损失高达几千亿美元。时至今日，世界上局部战争仍未停止，人肉炸弹仍在引爆。美国以战争手段推行自由的策略成为天方夜谭，不仅事与愿违，而且使自己再次陷入战争泥潭。墨子"非攻"的实质就是反对以强凌弱，以众欺寡，大国小国、强国弱国和平共处，这样才能互利互惠、和谐发展。墨子的"非攻"思想不仅展现了历史智慧，而且放射出现代光芒。

比如"尚贤"的思想。我国上古时代是崇尚"尚贤"思想的，许多部落

第三篇 悦目赏心

实行禅让制，为了部族的发展，不致于让别的部落吞灭，年老的酋长在本部落选举贤能之人担当接班人。比较有影响的是尧帝禅让给舜帝，舜帝禅让给禹帝。禹帝治水功劳很大，但从他开始破坏了禅让制度，他将帝位传了他的儿子，从此家天下得以在中国传承。春秋战国时期的墨子目睹了家天下带来的弊端，因此提出了"尚贤"思想，主张天下是天下人的天下，只有贤能者才能担任管理天下的重任，不贤者自然不能担任管理天下的重任。因此，为了"家天下"能够千秋万代延续的历代统治者，是不能容忍墨学"尚贤"思想流传的，因此，墨学被边缘化也就在情理之中。

但是真理的光芒是不可阻挡的。西方的英国和亚洲的日本，虽然名义上的国王仍然在家族中继承，但国王除了名誉上的国家象征外，并没有多少实权。中国的皇帝和俄国的沙皇早已被推翻，统治国家的权力回到了贤者手中。一个国家需要"尚贤"，一个单位也需要"尚贤"，如果一个单位搞任人唯亲的话，这个单位难免乌烟瘴气，歪风盛行。"尚贤"是社会进步的标志，两千多年前的墨子对"尚贤"的认识如此深刻，不能不令我们敬佩。

比如"薄葬"的思想。构成中国主流文化的儒家思想包含了许多穿越时空、历久弥新的大智慧，但也不能不正视儒家思想中的糟粕，历代人们非难最多的可能是"厚葬"和长时间的守孝，尤以墨家攻击的火力最猛。我认为对长辈尽孝是做人的本分，对长辈不仅要养而且要敬。死后要尽哀、纪念，但也要把握适度。儒家对死人的礼节确实存在过度的问题，对社会的物质财富和人的生命是一种严重的浪费，因此，严重阻碍了社会的发展。比如按照儒家的礼仪，父母逝世要守孝三年，叔、伯、姊母、兄、弟等死亡也要守孝一年、半载不等的时间。如果是一个大家族，而又非常严守礼仪的话，一个人宝贵的生命将有大部分时间要在守孝中度过，这样的礼仪是难以遵守的，对其改革势在必行。墨子强烈反对儒家的繁文缛节和远离生产劳动，自己身体力行，崇尚节俭，注重实践。因此，墨家的"薄葬"思想是具有进步意义的。

墨家和其他诸子百家一样，也难免有其局限性。比如，要求人们过着艰苦节俭的生活，这种思想境界要求少数信徒和先进分子也许是可行的，而要求统治者和普通民众都这样做显然是不现实的，对美好生活的追求，既是人的本性，也是社会进步的动力，古今皆然。也许墨学的这种思想是成为导致墨学难以光大的主要原因之一。

总的来看，墨家的思想是深邃、丰富、伟大的，尽管其价值未被统治者所认识、挖掘。我们相信，墨学不仅是中华优秀文化的重要组成部分，而且是中华民族复兴和世界和平的宝贵精神资源。对墨学的学习、研究、弘扬，是当代文人、学者的重要责任。

令我们十分高兴的是知名文化学者陈伟先生从20世纪90年代开始就潜心研究《墨子》，1993年就出版了《墨子清谈》专著，该书畅销海峡两岸，时至今日，仍有多种盗版在地摊销售。陈伟先生所学文学评论专业，又富有历史研究和文学写作之天赋，本应在国学研究领域大有建树。然而在几年前被经济大潮推下了商海，他以文弱书生之力在商海击浪弄潮并站稳了脚跟，现任北京东方飞扬软件有限公司副总经理。据他自己介绍，自从闯入商海之后，几乎与文学创作绝缘甚至连书都很少看，他将时间、精力、思维基本上锁定在市场、销售、利润之上。

我与陈伟先生认识在2005年的一次国学沙龙上，主办方邀请我作了一个关于国学的发言。散场时陈伟先生与我交换了名片，并表示对我的发言很感兴趣。他告诉我他曾经也是中国文化的爱好者，并在十多年前就出版过《墨子清谈》。由于共同的兴趣，我们成为了好朋友，并且相互走访，由相识相知到相投。更令我感动的是，我的第二本书《品贤文谈做人》出版后，陈伟先生专门在他们公司举办了一次《品贤文谈做人》读书会，请来了媒体的朋友和公司的员工共品贤文，同谈做人。

经过反思，陈伟先生觉得国学研究和文学创作是他曾经深爱的事业，尽管一时无暇顾及，但应该早点回归，于是从2005年起他重新开始研究《墨

子》，并在不长的时间里撰写了《墨子智慧心解》，在这本书中不仅钩史钓典丰富了许多史学资料，而且融入了自己十年的商海感悟。呈现在读者面前的这本《墨子智慧心解》不仅能使史学研究者受到启迪，而且能使各界读者开卷有益。

化解危机是成功之道

——《第 N 种危机》读后感

　　清华大学出版社编辑张立红送给我她出版的职场小说——《第 N 种危机》，读后觉得这是 ·本好书。

　　这本小说带有浓厚的现代气息，书中角色与我们的生活息息相关。他们富有理想、勇于竞争、个性张扬、渴望成功，但时常会遭遇晋级、家庭、爱情、友情、待遇方面的烦恼与危机。他们不仅崇尚西方文化，而且深受中国文化的影响，经常记起爷爷奶奶、外公外婆等前辈的教诲，这帮年轻人能够较好地化解危机，快乐地工作和生活。

　　危机会伴随我们每个人的一生，有危机是必然的，没有危机是偶然的。感觉别人没有危机的原因，主要是我们不能走进别人的内心世界，别人展示给我们的总是阳光和笑脸，其实层次越高烦恼和危机也越多，只不过别人将烦恼和危机藏在了心底。

　　面临危机并不可怕，有时危机就是机会，"危"中有"机"，关键是需要拥有大智慧，善于化"危"为"机"。这次国际金融危机也是这样，一批企业倒闭了，一批精英淘汰了；另一批企业发展加速了，一批英雄成名了。

一个人的成功，不仅要经得起鲜花和掌声的鼓励，而且要经受得起挫折和危机的考验。善于应对和化解危机的人才会走向成功。这应该是《第N种危机》带给读者的启迪。

《牛的精神》采写札记

　　我撰写的长篇报告文学《牛的精神》讲述几代星火人奉献国防和现代化工的动人故事，在《信息早报》以三个整版的篇幅及《青年时报》以连载形式刊发该文得到了任建新总经理等领导的肯定，引起了广大读者的共鸣，一些读者希望我谈谈这篇文章采写的背景和花絮，我也希望对为该文提供帮助的许多同志深表谢意，特作本文以飨读者。

"十五天给我交稿"

　　2011年3月8日，我陪同任建新总经理接待九江市市长曾庆红。曾庆红是一位善于学习、思路开阔、口若悬河的女市长和老红军后代。她代表九江人民对中国化工长期以来的支持表示感谢，她表示九江市将为星火厂打造世界硅都提供良好的外部环境，希望中国化工加大在九江市的投资。

　　任总说："我曾经在星火厂工作过，对星火厂、星火人有着深厚的感情。中国化工在'创先争优'活动中推出了火箭推进剂偏二甲肼第一发明人李俊贤院士，中央领导做出批示，要在全国范围开展学习李俊贤院士活

动。中国化工正在将学习李俊贤院士活动引向深入。李俊贤院士是偏二甲肼的发明人，星火厂是偏二甲肼的生产者，几代星火人响应三线建设号召，在艰苦的山沟里为国防和现代化工做出了突出贡献，他们发扬牛的精神，吃的是草，挤出的是奶，他们是民族的脊梁，他们的精神值得好好宣传。"

说到这，任总向客人介绍说："建华就来自星火厂，在那里工作了很长时间，对厂里的情况熟悉。建华，采访星火人的任务交给你，你抓紧到星火厂去采访，十五天内给我交稿。"

我说："好的，争取按时完成任务。"

星火，是我魂牵梦萦的地方，我的职场人生从那里起步，那里有我熟悉的风景、尊敬的领导、亲密的同事。我应当尽其所能，做好这篇文章，让更多的人了解星火、分享星火人的精神财富。

我于2011年3月9日处理好手上工作，拟出调研采访提纲，并获得任总首肯后，于第二天来到了星火厂，踏上了采访之路。

"杜主席你全程陪同"

3月8日，任总给我交待到星火采访任务时，星火厂蔡朋发厂长在场。他回厂后，与工会主席兼办公室主任杜燕青、厂长助理刘敦宣等同志对受访人员名单，采访场地、需要收集的有关资料等都提前作出了安排。

我到星火后，与蔡朋发厂长交流了采访提纲，提出了准备采访几个方面人员，我们的许多想法不谋而合。

我跟蔡厂长说："星火厂我熟悉，千万不要影响厂领导的工作，平时不用打扰你们领导，我采访结束离开星火厂时给我留出半小时时间专题采访就可以。"

蔡朋发说："你到了星火就到家了，为了保证你的采访顺利进行，杜主席全程陪同，有需要可随时与我联系。"

杜燕青如今是星火厂的第一支笔，多年来被《信息早报》评为优秀记者。我与杜燕青是同事加好友，20世纪80年代我任《星火报》主编时，杜燕青任《星火报》记者、编辑。他对我的采访作了细致周到的安排，他在陪我到星火片区采访的那天，还利用空隙时间写出了两篇新闻稿件。杜燕青告诉我，无论工作多忙，他都坚持每周向《信息早报》和《青年时报》投稿，已经成为一种习惯。令我欣慰的是，在陪同我的那一周，没有影响他的写作投稿。

与每一位受访者合影

在3月11日到17日的采访中，我先后到了杨家岭、星火两片区和江西永修云山经济技术开发区，共有五六十位同志接受了我的采访。

黄远菁、周祥和、毛咏初、李益贵、张振东、吴厚华、冷雪华、黄靖波、刘东林等第一代星火人接受了我的采访，他们中有的是厂领导、有的是中层干部、有的是省劳模、有的是高级技师。他们有的年过七旬，有的身体虚弱。他们都很健谈，每当回忆起当年艰苦创业的情景，他们依然兴奋不已。他们非常感谢任总救活了星火厂，对今天星火厂的变化和发展深感慰藉，对星火的未来充满憧憬。

有些老同志我有十多年未曾相见，无情的岁月在他们身上留下了衰老的烙印，有的行走不便，有的头发变白。他们将青春年华留在了沟深水长的"魔港沟"，他们是国防化工建设的功臣，他们的生活依旧比较清苦，他们将奉献基因传给了下一代，他们是值得我们尊敬的人。

以双休日、节假日上班为习惯的生产系统的管理人员韩东、刘建奎、张洪江、汤勇、熊佰灵、袁鹤松、万文锋和不断推进科技进步的科技管理人员邱玲、杨秀伟、白玲娜、衡明星等接受了我的采访。衡明星是2010年毕业

于郑州大学的化工博士生，他被星火厂的文化和事业深深地吸引，他在与我交流时表示，要以自己的知识，为星火厂开发有机硅新产品而努力。星火厂曾经是一个人才流失严重的地方，现在不仅吸引了本科生、研究生，而且吸引了博士生，该是多大的变化啊！

这两年有二十多位外籍专家在星火厂工作，他们的工作和生活情况如何？是我这次采访关注的问题之一。20万吨有机硅上游项目经理、法籍专家吉里斯·万荣欣然接受了我的采访。听到他对星火厂文化认可，并相信通过双方共同努力，有信心建成比法国更先进的有机硅装置时，我非常高兴。

我还专程前往江西永修云山经济技术开发区，采访了永修县副县长、开发区主任杨轲林，听了他关于如何为星火厂提供良好外部环境、全力支持星火厂发展的介绍后，我了解了星火厂在江西省、九江市、永修县各级政府中的分量，为星火厂有一个良好的外部环境而欣慰。

我在采访时，与每一位受访者合影留念，并留下了他们的手机号码、电子邮箱等联系方式。我回到北京后，在照相馆按每张底片的人头数洗出了照片，将照片转送给了每一位受访者。

关于主题和标题的提炼

我从星火厂除了带回一大本采访记录外，还带回了大事记、厂史解说词、历年经济指标、近年厂长工作报告、星火牛精神阐释、2009年和2010年"三十佳"事迹汇编、班组建设活动简报等资料。

由于星火厂历史厚重、道路曲折、案例众多，如何通过有限的篇幅呈现星火厂、星火人的特色，对于我来说颇费了一番思量。

经过不断提炼，将主题集中为奉献与忠诚，奉献与忠诚是星火人的特色，是贯穿于艰苦创业、军民结合、结缘有机硅、打造世界硅都几个阶段的一条主线。

报告文学需要一个简洁的标题，我对"星火正燎原""民族的脊梁""奉献者之歌""牛的精神"几个标题中进行了反复推敲，最后选择了"牛的精神"。这主要是因为任总在星火厂工作时曾归纳星火精神就是牛的精神，牛象征着忠诚与奉献，吃的是草，挤出的是奶。以"牛的精神"为题虽略显朴素平淡，但却最能体现星火人的本质特征，正所谓平凡之中显神奇。

报告文学需要一个好的开头和结尾。我以江西永修一些地方崇尚忠、孝、节、义文化而不食牛肉、乌鱼肉、大雁肉、狗肉作为开头，将星火人的忠诚、奉献文化培育在深厚的文化沃土之中。我从小与外公外婆一起生活，我外公是一个读了多年私塾的老先生，他熟读四书五经，善用《增广贤文》，他从不食牛肉、乌鱼肉、大雁肉和狗肉，因为他老人家十分崇尚忠、孝、节、义。牛身大力壮，却俯首犁耙，无比忠诚，一生奉献；乌鱼产后眼睛失明，难以觅食，小鱼自告奋勇送进鱼妈妈嘴里，以身尽孝；大雁失去伴侣，永不再配，从一而终；狗懂得恩义，不嫌家贫，永不抛弃主人。结尾紧扣主题，以文化广场雕塑《牛》寓意星火人正脚踏实地、奋力前行、奔向未来。

那段时间，我被采访对象深深感动，他们的形象是那样高大。我以牛的精神投入艰苦而愉快的创作。白天晚上都在推敲文章结构，选择文章角度，挑选典型案例，认真遣词造句，有时躺在床上都在思考，一觉醒来有了新的创意，赶快起床记录瞬间火花。为了使读者了解三线建设背景，我还认真学习了三线建设有关资料，增加了文章的历史感。经过一周的艰苦创作，终于在3月24日完成两万五千多字的初稿，兑现了十五天内向任总交稿的承诺。

由于本人水平有限，加之采访时间不够充分，难免有挂一漏万之嫌，肯定有许多感人的故事未能收集，许多先进人物未能入文，难免留下许多遗

第三篇 悦目赏心

憾。好在任总已经批示，要求星火厂的同志一起来补充完善，讲述、撰写熟悉的先进人物、先进事迹，使之成为历史记忆，成为教育后人的历史教材。我所做的工作仅是抛砖引玉。

很多人需要感谢

《牛的精神》一文得以成文、刊发，并非一人之功，其中融入了许多人的心血与付出。

除了蔡朋发、杜燕青精心组织外，星火厂办公室副主任蒋干生，厂办公室陈英、杨海坚、武栓义、熊萍，文控室主任王志兰、档案室郝晓鸣等同志，为我的采访和资料收集提供了热情周到的帮助。原副厂长冷雪华陪了我两天，并向我提供了许多自己撰写和珍藏的资料。

我回到北京后，通过电话向周祥和、邱玲、戴加勇、刘敦宣、徐建华等同志核实了有关情况，他们都给予积极配合：查找资料，核实数据，发来邮件。

集团公司军工部李春雷副主任帮助进行了保密把关，提出了脱密意见。我的同事朱宗贵、郑进、缪许荣等对初稿进行了认真修改，提出了宝贵的修改意见。集团公司党委副书记傅向升同志对文章进行了逐字逐句地认真推敲，帮助纠正了文中的一些错误。集团公司副总经理任建明告诉我，他认真审阅了两遍《牛的精神》初稿。《牛的精神》在《信息早报》发表后，集团公司资产公司总经理冯益民等同志给我发来短信，对星火精神、星火文化及《牛的精神》一文给予了肯定。

《信息早报》黎戈宁总编辑对于如何增强该文的宣传效果进行了认真思考，原准备分期连载，考虑到《信息早报》为周报，间隔时间较长，读者阅读和保存不便，决定拿出三个整版一次刊发《牛的精神》。用三个整版发同一篇文章对于《信息早报》来说还是第一次。

　　十分感谢任总"饱含深情"地阅读《牛的精神》一文，但愿任总提出的"使牛的精神成为全系统共同的价值取向，深入、扎实地搞好星火、蓝星，并整个中国化工的'创先争优'活动"的希望早日变成现实！

第三篇　悦目赏心

后 记

建华在朋友的帮助下，于2006年4月13日以"叶建华"的实名在新浪开设了博客，而在当时，以实名开博客的少之又少。10年间，陆续发表了1700多篇博文，将近一百万字。建华将10年间所观所感所悟倾泻笔端，公开发表并且养成习惯。建华的博文被26万多博友访问，许多博友给予评论、点赞。这些博文不仅记载了建华10年间的心路历程，而且为文学创作积累了宝贵资料。

建华的百万博文始终围绕"弘扬传统文化，增强民族自信，反对崇洋媚外"这条主线，立志将中国传统文化由象牙宝塔引向十字街头，旨在为华夏大地传递正能量，为新时代弘扬真善美。

《醍醐茶》一书收录的散文随笔大多从博文中选取，通过"阐幽明微""人性之光"和"悦目赏心"三个板块向读者朋友揭示我国古代先贤的大智慧，阐述建华不同时期的所思所悟，尤其对一些影视作品的点评将为读者朋友开辟一条亲近文学艺术的窗口。读者朋友在阅读时可以感受10年间的时间跨度，储存着不同年月的时事信息，将会引起读者朋友的共鸣，相信读者会开卷有益。

《醍醐茶》一书得以出版，需要感谢的人很多。首先要感谢20多万博友的鼓励，要感谢知识产权出版社来出书平台陆彩云副总监的指导策划，要感谢责任编辑卢媛媛的精心设计和文字润色，还要特别感谢我的爱人徐金凤、儿子叶晨、儿媳刘倩对我业余时间写作的理解与支持！

叶建华

2015年12月